# ブレイドスキルオンライン

BLADE SKILL ONLINE

03

ゴミ職業で最弱武器でクソステータスの俺、
いつのまにか『ラスボス』に成り上がります！

Author
馬路まんじ
Illustration
霜降
(Laplacian)

BLADE SKILL ONLINE

# 03

## CONTENTS

# プロローグ　戦場ヶ原に血潮の嵐！　開幕、ギルド大戦ッ！

ついにイベント『ギルド大戦』の日がやってきた！

開始時間となる朝十時の少し前にログインすると、始まりの街はプレイヤーたちでごった返していた。

誰もがステータス画面を開いたりして戦いに備えている。

「よし、俺も自分の状態をチェックしておこうかな」

ステータスオープンっと！

**名前**　：ユーリ
**レベル**　：56
**ジョブ**　：ハイサモナー
**セカンドジョブ**　：クラフトメイカー
**使用武器**　：弓
**ステータス**

筋力：0　防御：0　魔力：0　敏捷《びんしょう》：0
幸運650×3×2＋65＋900＝『4865』

**スキル**

【幸運強化】【執念】【致命の一撃】【真っ向勝負】【ジェノサイドキリング】
【非情なる死神】【アブソリュートゼロ】【ちゃんと使ってッ！】
【逆境の覇者：HP1のため発動状態。全ステータス2倍】【神殺しの拳】
【魔弾の射手】【魔王の波動】【魔王の眷属《けんぞく》】【魔王の肉体】【悪の王者】
【武装結界：限定スキル】【魔の統率者：限定スキル】【異常者】

**固有能力**

【調教】【キマイラ作成】【召喚】【禁断召喚】【巨大モンスター召喚】【生産】【運搬】
【転送】

**装備**

・頭装備『呪われし死神姫の髪飾り』（作成者：フランソワーズ　改変者：グリム）
装備条件：プレイヤーの筋力値・魔力値・防御値・敏捷値全て半減　MP＋100
幸運＋300
・体装備『呪われし死神姫のドレス』（作成者：フランソワーズ　改変者：グリム）
装備条件：プレイヤーの筋力値・魔力値・防御値・敏捷値全て半減　MP＋100

幸運＋３００

・足装備『呪われし死神姫のブーツ』（作成者：フランソワーズ　改変者：グリム）

装備条件：プレイヤーの筋力値・魔力値・防御値・敏捷値全て半減　ＭＰ＋１００

幸運＋３００　マーくん憑依《ひょうい》状態

・武器　：『初心者の弓』　装備条件なし　威力１

・装飾品：『呪われし姫君の指輪』（ＨＰを１にする代わり、極低確率でスキル再発動時間ゼロに）『邪神契約のネックレス』（ＨＰ１の時、幸運値３倍）『耐毒の指輪』（低確率で毒を無効化）

「ふっふっふ、ついに俺の幸運値も五千間近か。ずいぶんと伸びたもんだな〜」

思わずニヤニヤしてしまう。

他プレイヤーの一番高いステータスが装備込みで千もないという中、まさに圧巻の数値だな。

「こんだけ幸運になったんだから、なんか特別な効果とかないかなぁ。たとえば運命の相手に出会えるとか……」

俺も年頃の男だからなぁ、恋愛について興味ゼロってわけじゃない。

と、その時だった。後ろから「このセカンドジョブで大丈夫かねぇ」とぼやく声が聞こえてきて……、

「コレでアイツを満足させてやれるか――っておっと!?」

「わっ!?」

ドンッと後ろから当たられてしまう!

どうやら後ろのプレイヤーはステータス画面を見ながら歩いていたらしい。

そんで俺は筋力値ゼロだ。踏ん張ることも出来ず、その場に倒れそうになった――その瞬間。

「おっと、すまなかったなぁお嬢さんっ!」

しかし、後ろから伸びた手が俺をガッシリと抱き留めてくれた。

どうやら当たってきたプレイヤーが咄嗟《とっさ》に支えてくれたらしい。

だが、唐突なことだったので胸をムズッと摑《つか》まれてしまい……、

「ちょっ、やめっ――って、あれ……なんか不快な気がしない……?」

「ってうぉぉっと!? オレ様としたことが、思わずレディの胸を……って、あれ……この触り心地……どこかで知ってるような……?」

頭上から響くどこかで聞いた声(※乳を揉《も》みながら)。

俺も(※乳を揉まれながら)既視感を味わいつつ、男の顔を見上げると……、

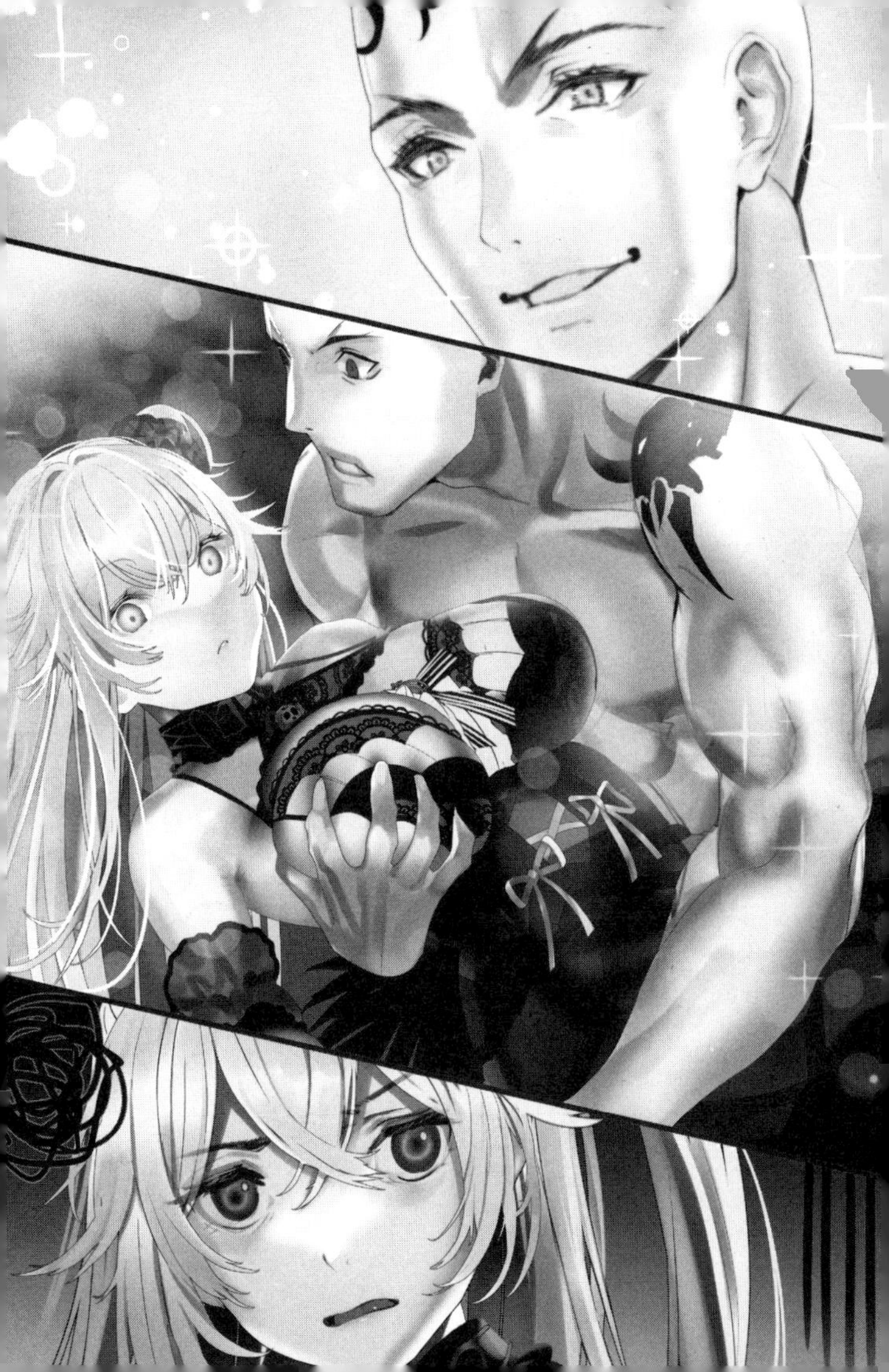

「『って、やっぱりお前かよッ！』」

……そこにいたのはまたしてもスキンヘッドの野郎だった！

俺たちは抱き合ったまま、はぁ〜〜〜と揃《そろ》って溜《た》め息《いき》を吐《つ》いたのだった。

◆

◇

◆

露店で買った肉まんとピザまんを二人で半分こしながら、俺とスキンヘッドは適当にダべる。

「実はよぉユーリ、最近リアルで一目《ひとめ》惚《ぼ》れした相手がいるんだよ。不本意なことにオメェとよく似た美少女でよぉ……！」

「なんだそれキモチワル、別の顔の美少女にしろよ」

「うるせぇっ、オメェ以上の美少女顔なんて滅多にねーよ！

……で、話を戻すぜ。そう、オレ様はリアルで教師をやっててな……あれは文化祭を見回っていた時のことだった……今日のオメェと同じように、あの子とうっかりぶつかっちまってなぁ……」

「いやいや、教師だったら少女に惚《ほ》れたらアウトだろ」

「ってさっきからうるせぇやいっ！　オレ様好みドストライクの見た目してたんだから
しょうがねぇだろ！

ただすぐに逃げちゃったあたり、きっと恥ずかしがり屋さんなんだろうなぁ。オレ様的にはオメェみたいに、カラッとしてて言いたいことを言い合える性格のほうが好みなんだけどよぉ」

「贅沢《ぜいたく》言うなっての。見た目も性格もストライクな相手なんてそうそういないだろ。そういうのを『運命の相手』って言うんだよ」

「だよなぁ～。どっかにいねぇかなぁ、運命の相手」

抜けた会話をしながらイベント開始の時を待つ。

戦いが始まったら殺し合う相手だが、今から敵意を燃やしていても疲れるだけだろう。

――互いの全部をぶつけ合うのは戦場に立ってからだ。

俺とコイツは口に出さずとも、不思議とその思いを共有していた。

「……楽しみだな、ユーリ」

「ああ、お前にだけは負けないからな」

ごった返していく広場の隅で、宿敵と共に笑い合う。

そうして静かに闘志を高めていた時だった。不意にパンパカパーンッという軽快な音が街中に響き、何色もの紙吹雪が空から舞い降りてきた。

おっと、この演出はイベント開始の合図だな。となると出てくるのは……、

『――戦士たちよ！　今回もよくぞ集まってくれたッ！』

遥《はる》かな空から声が響く。するとやはりと言うべきか、始まりの街の上空に、王冠を被《かぶ》った爺《じい》さんの映像が映し出された。

出たなオーディン！　邪悪なる運営の操作キャラめーーーッ！

『……何やらものすごい敵意を感じるが、まぁよい。

改めて名乗っておこう。ワシの名はオーディン、このグラズヘイム王国の支配者である！

さて、本日諸君らに集まってもらったのは他でもない。世界中にモンスターを出現させた闇の支配者・魔王との決戦に備えて、諸君らのギルドとしての戦いぶりを見せて欲しいのじゃ。

ゆえにこれより――全ギルド参加可能イベント、「ギルド大戦」を開催するッ！』

その瞬間、ワァーーーーーーーッという声が始まりの街に響き渡った！

以前にも増してさらに熱狂的な盛り上がりっぷりだ。

「うはっ、すげぇなぁユーリ！　鼓膜が破れそうだぜっ！」

「ああ、プレイヤー人口は増加し続け、先日ついに二十万人を突破したって言うからな……！」


俺とスキンヘッドのバトル動画が流れて以来、新規プレイヤーが増えまくりとのこと。

今やブレイドスキル・オンラインは業界で一番ホットなゲームになりつつあるらしい。

『フォッフォッフォッフォ、説明を続けるぞい。

戦士たちの中には用事がある者もいるからのぉ。今から深夜零時にかけて、今回も一時間の休憩を挟みながら五回に分けてギルド大戦を開かせてもらう。

朝十時から昼十二時までを第一回。昼一時から昼三時までを第二回。夕方四時から夕方六時までを第三回。夜七時から夜九時までを第四回で、最後に夜十時から深夜零時までを第五回という感じでな。

詳しい説明はこんな感じじゃ～い』

クソ運営の着ぐるみがそう言うと、目の前に詳しいルールが書かれた画面が表示された。

なになに～？

・これより五回に分けてギルド大戦を開催いたします！
舞台となるのは障害物のない平原です。そこにギルドの拠点がランダムに転移されていきます。

参加ギルドには運営より『イベント用回復ポーション』を2000本配らせていただきます。使用すれば全状態異常が消える上にHPかMPのどちらかをマックスまで回復できる優れモノですが、それ以外の回復アイテムは使用禁止にさせていただきます。メンバーの多いギルドほど一人頭のポーション数が減ってしまいますが、パワーバランス調整のためです。ご了承ください。

勝利条件はただ一つ。『全てのギルド拠点を破壊し、最後まで生き残る』ことです。

特殊フィールド転移後、ギルド拠点の中心部には『ギルドコア』という球体が出現します。

敵の拠点内に侵入し、それを破壊してください。そうすればギルド拠点は崩壊し、そのギルドのメンバー全員は退場となります。

以前のバトルロイヤルと違い、ギルド拠点さえ残っていれば死亡しても30分後には復活できます。

特殊フィールド内での「拠点の崩壊、使い魔の死亡、装備・アイテムの損傷および損失」などはイベント終了後にはなかったことになりますので、みなさまどんどん参加してください！

敵を一人倒せば、倒したプレイヤーにイベントポイント＋1。

そしてギルドコアを破壊すれば、破壊したプレイヤーのギルドにイベントポイント＋1000を贈呈します！
※ギルド大戦の映像は宣伝として動画サイトでも流す予定です。虐殺祭りにならないよう、みんな頑張ってください！（運営より）。

「……なるほどなるほど。要するに暴れまくればいいってことか」

だいたいルールは把握した。色々書いてあるが、つまりは敵をぶっ倒しまくって、ギルドをぶっ壊せばいいってことだ。以前とやることは変わらないな。

あとは敵の数だが……はてさてどれくらいになるんだろうか。俺は肘でスキンヘッドの脇腹をつつく。

「で、最終的にどれだけの人数を集めたんだ？　一体何人で俺を襲うつもりだよ？」

「ヘッ、聞いて驚けよ。――六万人だ。八十のギルドに分かれた六万人のプレイヤーと一緒に、オメェをグチャグチャにしてやるよ。もちろんトドメを刺すのはオレ様だがな」

「ははは、六万人か！　そりゃあいいなー！」

信じられないほどの数を相手に出来ることに、胸がドクドクと高鳴っていく。

以前のバトルロイヤルの約二倍だ。しかもどいつもこいつも最初から俺のことを警戒しているため、ギガ太郎によるレーザーぶっぱにも冷静に対応してくるはずだ。

「ユーリ、オメェのために寝る間も惜しんで整えてやった舞台だ。あっけなく逝っちまうんじゃねぇぞ?」

「馬鹿を言え、勝つのは俺たち『ギルド・オブ・ユーリ』だ」

「えっ、何そのギルド名……直訳したら『ユーリのギルド』じゃん。そのまんまじゃん。オメェ本当にネーミングセンス終わってんな」

「わかりやすくていいだろうが! で、そういうお前のギルド名は何なんだよ? スキンヘッドこと『ラインハルト・フォン・エーデルフェルト様』よぉ?」

「オレ様のはカッコいいぜェ!? 『幻影埋葬十三騎士団 ―グランド・バタリオン―』だ!」

「うっわぁぁぁぁ……お前、お前……ッ!?」

友達のアレすぎるセンスに倒れそうになってしまう……!

プレイヤーネームから予想してたが、まさかここまで痛々しいギルド名が飛び出してくるなんて思わなかった。

「中学生並みのセンスしてんな……!」

「うるせェ小学生並みッ!」

スキンヘッドと騒ぎつつ、『ギルド大戦・第一回目に参加しますか?』と表示された画面を速攻で叩《たた》く。もちろん答えはイエスだ。
その瞬間、俺たちの身体《からだ》は蒼《あお》い光に包まれ始める。
周囲にいた多くの者たちも参加を決めていく中、オーディンが最後に大声で叫んだ。
『さぁ戦士たちよ！　仲間と共に力を合わせ、全力で戦いを楽しんでくるがよいッ！』
運営め、そんなこと言われるまでもないわ！
憎き相手の言葉を耳にしながら、俺の視界は光に飲み込まれていった。

# 第二十八話　開幕の号砲！

──目を開けると、俺は支配領域である『聖上都市・ヘルヘイム』の城の中にいた。

目の前には漆黒の光を放つ球体と、俺と同じく転移してきたシルとグリムのやつがいた。

「あら魔王様、昨日ぶりねぇ」

「ああ、昨日は楽しかったな」

副官であるシルとニッと笑い合う。

先日の『バトルロイヤルイベント・プチバージョン』は本当に楽しかった。

シルとコリンのコンビには思わず負けそうになっちまったぜ。

「またやろうな、シル子！」

「ってシル子いうなっつーの！　まぁアナタへのリベンジはいつか果たさせてもらうから、今日のところはギルドイベントに集中しましょう？」

そりゃたしかにな。スキンヘッドが大舞台を用意してくれたんだから、思いっきり味わってやるぜ！

「よしっ。じゃあシルは手筈《てはず》通り、傭兵《ようへい》ＮＰＣとサモナーＮＰＣたちを率いてギルド拠点の破壊に向かってくれ」

「わかったわ。NPCの連中、アタシが下僕にしていたプレイヤーキラーどもよりよっぽど忠実だし強いわよ？

そんな連中をこのシル様が率いるんだから、もしかしたらギルドマスター様の出番はなくなっちゃうかもねぇ～♪」

「ははっ、そりゃいいな！　せいぜいサブマスター様には楽をさせてもらうとするか！」

「了解っと！」

赤い髪を翻しながらさっそく外に向かっていくシル子さん。

緊張はしてないみたいだな、あの調子ならば大丈夫だろう。

それに比べて……、

「あっ、あわわわわっ……！　ま、魔王殿、私はどうすれば……！」

金髪のゴシック少女、グリムのほうはガックンガックン震えていた。

イベント前日までは『全プレイヤーどもを私の装備で殺してやるーッ！』と憤っていたが、いざ当日を迎えると緊張感のほうが勝ってしまったらしい。

俺は腰をかがめて彼女と視線を合わせながら、その柔らかな頬をむにっと摑《つか》んだ。

「あひゅっ!?」

「落ち着けってのグリム。お前はいつも通り、街の中でどっかりと構えていてくれたらいい。ヘルヘイムの街には九千体以上のモンスターがいるし、何より『守護神』が守ってくれているからな。――そうだろう、クーちゃん！」

『クエ～～ッ！』

　俺の言葉に応え、街そのものが鳴き声を上げた。

　そう、今やこのヘルヘイムは全ての場所と建造物が『禁断邪竜クトゥルフ・レプリカ』こと、クーちゃんの肉体と化しているのだ。

　壁がニュルニュルと触手に変化すると、グリムの頭を優しく撫《な》でた。

「うぅ、クトゥルフよ……！」

「というわけでグリム。お前はクーちゃんやモンスターと一緒に、そこの『ギルドコア』ってやつを守っていてくれ」

　そう言って漆黒の球体を指差す。

　ジッと目を凝らすと、『名称：ギルドコア。拠点中心部に出現。十メートルのみ移動可能』と表示された。コイツの破壊を巡って六万人のプレイヤーとバトルするわけだな。

「これこそが俺たちの心臓部だ。任せられるか、グリム？」

「っ……うむ！　引き受けたぞ、魔王殿よ！　この私が命に代えても守り抜こうっ！」

　グッと両手を握り固めるグリム。その瞳は決意に燃えていた。

　よし、どうやら緊張は解けたみたいだな。すっかりやる気を取り戻した彼女に別れを告げ、俺も城の外へと出ていく。

そうして前回のバトルロイヤルと同じく、真っ赤に染まった空を見上げた時だ。

不意に空の向こうから声が響き渡ってきた。

『さぁ、いよいよ始まりましたギルド大戦ッ！　今回の実況もこのわたくし、プレイヤーナビゲート妖精のナビィが務めさせていただきまーす！』

「っ、出たな……運営の犬めッ！」

可愛らしくも憎らしいチビ妖精の姿を思い出す。

今回も街の広場より、観客たちと共にこの戦場を見渡しているのだろう。

邪悪なる運営の手先め……この戦いが終わったら指でグリグリしに行ってやるから覚悟しとけよッ！

『なっ、なんだか悪寒がしますが気のせいでしょうかねぇ……！

ゴホンッ！　さぁて、今回も参加者さんたちのためにもちょこっと補足説明しておきますねー！

視界の端っこに「６０９３６」という数字が見えませんか？　それが今のプレイヤー生存数でーす！』

「ほー、そりゃわかりやすくて便利だな」

たしかに視界の端にはそんな数字が刻まれていた。シルとグリム以外をぶっ倒して、これを３にすればいいわけか。

『そして、さらにその横にある「87」という数字が、残っているギルドの数ですね。

自分のギルドが平原のどこにあるかはマップから確認できますので、一度見ておいてください。また敵のギルドに侵入するとマップが切り替わり、拠点内の構造やギルドコアの位置を簡易的に示したものとなりますので、上手《うま》く利用してみてください！

ごく一部のプレイヤーが街を丸ごとギルド拠点にしてしまうという頭のおかしい偉業を達成したため、運営さんたちが急いでそんな機能を追加しました』

「って、それ絶対に俺のことじゃねーか!?」

個人を狙い打ちするために便利機能つけるんじゃねえぞクソ運営めっ！

まぁいい……とにかく今、『ギルド・オブ・ユーリ』が平原のどこに転移させられたか確認だ。

というわけでマップを見てみると……って、中心地点かよ!?　四方八方からプレイヤーたちが押し寄せてくるところじゃねーか！

「なぁ、本当にランダムで転移したんだよなぁ!?　なぁおい!?」

『補足説明は以上でーす！　では参加者のみなさま、頑張ってくださーい！』

「おい聞けーーーーーーっ!?」

俺の叫びに一切反応しないナビィ。

彼女はすぱっと説明を終えると、『さぁ観客のみなさん、どのギルドが優勝するか賭けた賭けた～！　現在の一番人気は「幻影埋葬十三騎士団　―グランド・バタリオン―」で……ってなんですかこの名前!?　きもっ！　あ、ちがう、個性的！』などと、元気に賭博煽《あお》りを始めるのだった。

やっぱりアイツ、運営の子供なだけあるわ。今だからわかるがナチュラルにクズなところがある気がするぞ……！

「はぁ……ボヤいていてもしょうがないか。どうせ全部のギルドを倒す気でいたんだから、フィールドの端っこだろうが中心部だろうが変わらないしな」

ゆっくりと息を吐きながら気分を切り替えていく。

さぁやるか――今回の狙いは短期決戦だ。

何しろこちらのメンバーはほとんどが協力ＮＰＣなんだからな。

プレイヤーは倒されても三十分経《た》てば戻ってくるが、ＮＰＣたちは死んだらイベントから退場だ。そもそも六万人もいる敵たちとは人数も圧倒的に違うわけだし、削り合いに持ち込まれたら終了だ。

だったら取るべき手段は一つ！

「最初から全力ってなぁッ！　現れろ、ギガンティック・ドラゴンプラント――――――！」

『――グガァアアアアアアアアアアッ！』

俺の叫びに応え、足元に出現する超巨大召喚陣。

その中心部より全長百メートルを超える植物龍、ギガンティック・ドラゴンプラントが姿を現した！

最強の使い魔にして頼れる相棒、ギガ太郎だ。そいつの頭の上に腕を組んで立ちながら、俺は平原に点在するいくつもの建物を睨《にら》みつけた。

「さぁギガ太郎！　今回も盛大に、イベント開始の合図をぶっ放してやろうぜーーーー！」

『グガガァァアアッ！』

咆哮《ほうこう》と共に七つの花を背中に咲かせるギガ太郎。

かくして次の瞬間、光り輝いたその花弁より、極大のレーザーが解き放たれたのだった！

# 第二十九話　皆殺しの豪雨！

「強化系アーツ発動、『ハイパーマジックバースト』！　さぁ、ブチ抜けーッ！」

『グガガガガァァァアアアーーー！』

敵のギルドへと射出されるギガ太郎の極大レーザー。

それは街からもっとも近かった小型の屋敷を消し飛ばし、さらに砦《とりで》や古城すらも焼き滅ぼして塵《ちり》に変えていく。当然ながら中にいたプレイヤーたちも道連れにな……！


ギルド『ヨコチチ過激派集団』を倒しました！　『サクラ姫を見守る会』を倒しました！　『推しアイドルにマッチョ彼氏がいるらしくって病んでしまった被害者の会』を倒しました！

1428人のプレイヤーを倒しました！

ギルド『ギルド・オブ・ユーリ』にイベントポイント＋3000！

プレイヤー：ユーリさんにイベントポイント＋1428！

響き渡るメッセージボイスを聞きながら、さらに他のギルドにも狙いを付けていく。

ギガ太郎が消えるまであと数秒。このまま十箇所以上のギルド拠点はぶっ壊してやろうと思っていたのだが、

「――来たぞッ！　壁戦士部隊、構えーーーーーーーッ！」

『オォオオオオオオオオオオォーーーーー！』

ひときわ立派な豪邸を滅ぼしてやろうとした時だった。迫るレーザーを前に、男たちの野太い声が響き渡る！

かくして次の瞬間、ギガ太郎の必殺攻撃は、盾を構えた何十人ものプレイヤーたちによって阻まれてしまうのだった。

咄嗟《とっさ》に首を振るわせて他の拠点を狙うも、周囲のギルドもプレイヤーたちが大慌てで肉壁を形成しており、何人かを蒸発させたところでレーザー照射は終わってしまう。

なるほど、当然ながら対策はしてきたか。結局ぶっ壊せたギルドは四つほどで終わってしまった。

それと同時にプレイヤー生存数が二千人ほど減るが、まだまだ敵は五万八千人はいる。

数では向こうが圧倒的に有利だ。

『グガゥ～……！』

「よしよし、しょげるなよギガ太郎。あとは俺に任せておけって」

項垂《うなだ》れながら消えていくギガ太郎。

次に召喚可能となるのは一時間後だ。短期決戦を狙うなら、もうレーザーぶっぱは使えないだろう。

さぁ、ここからが本番だ。百メートル上空から落ちていく俺の視界に、全方位にあるギルド拠点より一斉にプレイヤーたちが押し寄せてくる光景が映った。

「巨大召喚獣の攻撃は終わったッ！　さぁプレイヤーたちよ、攻め込めーーーーッ！」

『ウォオオオオオオオオーーーーーッ！』

ドドドドドドドッ！　という地響きのような足音を立てながら、ヘルヘイムへと突撃してくる数万人規模のプレイヤー集団。

しかも闇雲に向かってきているわけではない。ギルドごとに数百人単位のグループに分かれ、さらにプレイヤーとプレイヤーの間にも少しばかりの間隔を空けているのが見えた。

まるで蜘蛛《くも》の巣のようだ。

「なるほど……俺がシルのチャンネルを乗っ取った時に見せた【武装結界】対策か」

三歩ほどの距離を保って隊列を組めば、剣や槍《やり》の掃射で一度に何人も串刺しになるのは避けられるからな。

提案者は間違いなくスキンヘッドだろう。

俺を倒すためだけにこれほどまでの大軍団を揃《そろ》えてくれた男なのだ、対策は完璧にしてきたと見ていい。

「ははっ、ありがとうなスキンヘッド！　だったらお礼に、真正面からその対策をブチ破ってやる！

さぁ出番だ、チュン太郎ーーーー！」

『ピヨォオオオオーーーーーッ！』

俺の叫びに甲高く応え、紅《あか》き巨大鳥・チュン太郎が姿を現した。

その背に乗ってプレイヤーたちの頭上へと飛んでいく。

「よぉお前ら！　もちろん飛行モンスターへの対策もしてきたんだろうなぁ!?」

「当たり前だ、魔王ユーリめッ！　さぁ遠距離攻撃部隊よッ！　憧れの対象を今こそ超えてやれーーーーー！」

『ウォオオオオオオオッ！』

司令塔の叫びに応えて咆哮を上げるプレイヤーたち。

これは驚いた……！　なんと人気職の魔法使いではなく、大量の弓使いたちが俺を墜《お》とさんと矢を構えてきたのだ。

誰もが瞳に憧れと挑戦の闘志を燃やし、真《ま》っ直《す》ぐに俺を見上げていた。

「弓使いとしてアンタにチャレンジだーー！」

「知ってるかぁユーリ先輩よぉ!?　十メートルそこらで完全に攻撃の威力がなくなっちまう魔法と違って、矢は何十メートル先の相手にもぶっ刺さるんだぜぇ！」

「命中率は数でカバーだ！　食らいやがれーーーっ！」

そして始まる一斉掃射。パァァァンッという力強い弦の音と共に、地上より矢の大群が俺に向かって飛んできた！

その光景を前に、俺は怖くなるどころか嬉《うれ》しくなってしまう！

「はっ、はははははっ！　よかったなぁお前らーーーっ！」

不遇武器として扱われてきた弓矢の使い手たちが、こうして居場所を与えられて、やる気いっぱいで俺に挑んできてくれたのだ！　こんなに嬉しいことがあるかっ！

「墜ちろッ、魔王ユーリーーー！」

闘志を矢に乗せ、アーチャーたちが吼《ほ》え叫ぶ。

ああ、だったらこっちも応えてやろう！　俺が手に入れた新しい弓使いのスタイルでなぁッ！

「スキル発動！　【武装結界】――フルオープンッ！」

その瞬間、合計百もの召喚陣が俺の周囲へと現れる。

さぁ、反撃開始だ！　思う存分食らいやがれ、俺の爆撃の豪雨をなーーーー！

「消し飛べぇぇえええ！」

そして放たれた爆殺武装の一斉掃射は、矢の雨を一瞬にして蹴散らした。

わずか一発分の爆発で数百本の矢を燃やし尽くすと、そのまま剣や槍や斧《おの》や鎌がプレイヤーたちへと着弾して大爆発――――！

ドゴォオオオオオオオオオオオンッ！　という鼓膜を破壊するような音を立て、何百人ものプレイヤーを瞬く間に消し炭に変えていくのだった……！

「うぎゃあああああああっ!?　なっ、なんだこりゃぁあああっ!?」

「ばっ、爆発した!?　なんだよどういうことだよこれっ、なんで剣が爆発するんだよぉ!?」

「こっ、こんなのもう弓使いの攻撃じゃねえよーーーーーーーーー！」

バラバラになって消し飛んでいくプレイヤーたち。仲間と少し距離を空けて串刺しになるのを避けようとしていたようだが、そんな対策は完全に無意味だ。

俺の生み出した爆破武器たちは、着弾した瞬間にクレーターを作り上げるほどの大爆発を起こすんだからなぁ！

焼けた血肉が戦場を満たしていく中、黒焦げになった司令塔が混乱の叫びを上げる。

「なっ、なんだこれは……どうなっているんだっ、魔王ユーリーーー!?　そもそもプレイヤーの持てるアイテム数は五十個までじゃないのか!?　だというのにっ、こんなバカげた数の爆撃など……！」

「そんなの決まっているだろう。大量にアイテムを持ち運べる、クラフトメイカーのジョブを取ればいいだけだろうが」

「んなッ!? ぁ、あんな戦えないジョブの力だとぉおおおッ!?」

敵の司令塔が驚く中、爆撃を終えた剣や槍が粒子となってアイテムボックスに還《かえ》ってきた。

スキル【武装結界】で放った武装は三秒後に戻ってくる仕様だからな。おかげで『大爆発』を発動させたことで壊れる寸前となった武器たちを即座に回収できる。

さぁて、どれもこれも耐久値1になってしまったが何も問題はない。なにせ俺は生産職だからな。

「アーツ発動、全部に対して『武器修復』っと。——さぁ、第二撃の開始だ……！　お前たちが死ぬまで何度だって直すぞ」

俺の周囲に再び現れる超大量の召喚陣。直ったばかりの武器たちが、次元の向こうより切っ先を敵に向けていく。

その光景を前に、傷だらけの生き残りたちは一斉に武器を落としていったのだった。

# 第三十話　副官の挑戦！

――大平原に響き渡る爆発音と断末魔。空には濛々《もうもう》と黒煙が上がり、ヘルヘイムの周辺は地獄と化していた。

そちらのほうをチラリと見ながらシルは苦笑を浮かべる。

「ははっ、流石《さすが》はアタシの魔王様。今回も滅茶苦茶《めちゃくちゃ》にやらかしてるわねぇ～」

ファンである自分のような者にとっては気持ちのよすぎる暴れっぷりだが、運営にとっては堪《たま》ったものではないだろう。

一人のプレイヤーが何万人も虐殺すれば、きっと多くの者たちから『チートじゃないかアイツ!?』『ゲームバランスどうなってんだ！』と抗議文を送られまくることやむなしだ。

そこで前回のように極限まで弱体化させるか、あるいはほどほどの調整にとどめて『魔王ユーリ』を堂々と広告塔にしてしまうか……さぁ運営はどちらの道を選ぶのだろうかとシルはほくそ笑んだ。

「ま、どっちだろうと止まらないわよねぇ。……だって、アタシが好きになった人だもの」

頬を染めながらはにかむシル。

信じているのだ。たとえどうなるにせよ、あのムカつくほどに顔の綺麗《きれい》なチンピラ魔王は『気合と根性があれば何でもできる！』と叫び散らし、止まらず暴れ続けるだろうと。

シルは彼女の戦っている方向から視線を外し、自身の率いている大軍勢に吼え叫ぶ。

「さぁ、こちらも作戦通りに行くわよッ！　我らがギルドマスター様が注目を引き付けている間に、敵のギルド拠点をぶっ壊しまくりなさい！」

『オォオオオオオオーーーーーーッ！』

咆哮《ほうこう》を上げる七百人以上ものＮＰＣたち。

さらにサモナーＮＰＣの召喚した使い魔たちを含めれば、その数たるや千三百以上。平原の一角を埋め尽くすほどになっていた。

「Ａ班からＥ班まで分かれて各個撃破していくわ。さぁ、突撃開始ーーーーーーーッ！」

かくして蹂躙《じゅうりん》が始まった。

シルの率いるＡ班は最寄りにあったボロい屋敷に飛び込むと、『ギルドコア』に向かって疾走していく。

それに驚いたのは拠点防衛を任されていた数十人の敵プレイヤーたちだ。

「う、うわぁ敵襲だっ!?　いくぞみんなっ、ヤツらを、」

「遅いッ！」

赤き大剣を振りかぶったシルが、先頭にいた者を速攻で斬り伏せた。

あとは語るまでもない。敵プレイヤーたちが動揺している隙を突き、凶悪な風貌をした最上級傭兵《ようへい》NPCたちやサモナーNPCの操るモンスターの群れが一気に殺到。

文字通り、敵プレイヤーをちぎっては投げちぎっては投げ、ギルドコアに続く道を押し開いたのだった。

「はははははっ！　流石はみんなレベル50を超えているだけあるわねぇッ！　はい、これで終了っと！」

NPCたちがこじ開けた通路を疾走し、シルは大剣をギルドコアへと叩《たた》き付けた。

これで戦いは決着だ。敵プレイヤーたちは呆然《ぼうぜん》とした表情を浮かべながら、ギルド拠点ごと粒子となって消えていった。

ギルド『ドS美少女にボコられ隊』を倒しました！
ギルド『ギルド・オブ・ユーリ』にイベントポイント＋１０００！

「よーしっ、グッジョブよアンタたち！　今回からイベントポイント交換ページで、ギルド拠点の拡大や色々な機能の追加が出来るらしいわ！

さぁ、暴れて暴れてポイントを稼ぎまくって、アタシたちのギルドをこの世界のトップにしてやるわよーーー！」

『オォオーーーッ！』

シルの言葉にＮＰＣたちも腕を掲げて興奮する。

所詮は作り物である彼らだが、だからこそ人一倍『勝利』という栄光に飢えていた。

〝ワンクリックで量産されたような存在から脱却したい〟

〝勝利を摑《つか》んで、成長して、唯一無二の存在になりたい〟

〝ステータスを上げて名声を上げて有用度を上げて、街にごろごろと存在するような劣等ＮＰＣどもを見下してやりたい〟

人間を模して作られたがゆえの自己顕示欲。

それを満たすことが彼らの心からの望みだった。

「シルの姉貴ィ、次に行きましょうぜーーー！」

「魔王様にオレらの勇姿を見せてやりやしょうッ！」

「我らがギルドに栄光をーーー！」

さぁ次だ。戦って戦って勝利を摑むぞとＮＰＣたちは吼え叫ぶ。

そんな彼らの勇猛さにシルは微笑《ほほえ》んだ。これこそまさに部下として理想的だと。

「アンタたちはいいわねぇ、弱気や怠けってのがなくて。前にアタシが取り巻きにしてた連中よりも百億倍マシだわ」

ユーリから逃げるために自分を置いて逃亡し、結局は情け容赦なく抹殺されたプレイヤーキラー集団を思い出す。

もしもあの時自分も逃げ出していたら、きっと今みたいな愉快な状況にはならなかっただろう。

持ち前の負けん気でユーリに噛《か》み付いていった結果、いつの間にやら二人で街を奪い取るなどという前代未聞の大騒動を巻き起こし、今に至るわけだった。

「フフッ、運命ってやつかしら……」

あの夜の興奮をシルは忘れない。チャチなプレイヤーキルで満足していた自分に最高に刺激的な思いをさせてくれた魔王に、彼女は心からの感謝を抱いていた。

……もちろん恥ずかしいので、面と向かって伝えるつもりは一切ないが。

「さぁ野郎ども、次に行くわよーーー!」

こうしてシルとNPCの大軍団は、各所の拠点を次々に潰していった。

ほとんどの戦力は魔王ユーリの討伐とヘルヘイムの攻略に向かっているため、どこも警備は手薄である。

それでも数十人規模のプレイヤーたちを配置していたりはするが、命令に忠実な50レベル以上のNPC軍団と上級モンスターの群れの前には無力そのもの。軍勢としての完成度がまるで違う。

人工知能であるがゆえにミスも少ないＮＰＣ軍団を『プロの軍隊』だとすれば、レベルも腕前もバラつきがあるプレイヤー集団など『野盗の群れ』のようなものだ。

高水準の戦闘力とプレイヤーキラーであったシルの対人戦慣れした指揮により、瞬く間に三十以上のギルドを叩き潰していったのだった。

「さぁさぁっ、ガンガンいくわよー！」

まさに全てが順風満帆。

このままいけば勝利は確実だろうと思いながら、シルが平原を駆けていた——その時、

「ッ——!?」

シルの背筋に鳥肌が走る——！

このままここにいたらまずいという直感を受け、シルは咄嗟《とっさ》に飛び退《の》いた。

その瞬間、

「セイヤァーーーーーーーーッ！」

彼女が一瞬前まで立っていた場所へと、槍《やり》を持った男が隕石《いんせき》のごとく落下してきたのだ。

あまりの衝撃に大地が砕け、周囲にいたＮＰＣたちごとシルは吹き飛ばされてしまう。

「ぐぅうっ!?　い、いきなり何だってんのよ……！」

どうにか受け身を取って体勢を立て直すシル。彼女は大剣を強く握り、突然の襲撃者を

睨《にら》みつけた。

「――フッ、我が一撃を避けるとは流石は魔王の眷属《けんぞく》だと褒めておこう。だがしかし、最後に勝つのはこのオレだッ！　勇者の槍が必ず貴様を貫くだろう！」

「あぁん……？」

勇猛そうな声を出す男にシルは眉をひそめた。

セリフだけなら立派だし、男の見た目もまさに勇者のごとく立派なものだったが……どうにもアレだ。

非常に言いづらいのだが、とてつもなく顔が地味なのだ。

その平凡の極みのようなまったく特徴のない顔付きに、むしろシルは見覚えを感じてしまうくらいだった。

「あ～……アンタってたしか、バトルロイヤル優勝者の一人だったヤリーオってやつよね？　あの、すんごい地味に立ち回って最後まで生き残ったヤツ」

「んなッ!?　きっ、貴様、オレに対して地味と言ったなッ!?　貴様は今、オレの逆鱗《げきりん》に触れたぞ！」

「わぁ、すごくタッチしやすいところに付いてるわねぇ、アンタの逆鱗……」

小馬鹿にしつつも、シルは一切油断せずに大剣を握り締めていた。

「(万能型ジョブ『ブレイブランサー』のヤリーオ。顔は地味だけど、間違いなく強敵ね……）」

その戦いぶりは地味そのもの。

シルがバトルロイヤルの動画を見た限り、彼は間合いで勝る剣士を狙って突き殺してポイントを稼ぎ、時には物陰から槍を投げて暗殺し、危なくなったらささっと隠れてやり過ごしていた。

そんな勇者ごっことは程遠い堅実すぎる戦い方に、掲示板では逆に話題になっていたくらいである。

だが、

「（――逆に言えばこの男は、勝利するための最適解を引き当て続ける才能を持っている……！）」

最大限に警戒するシル。大剣を握る手に汗がにじむ。

「さぁかかってこい、成敗してやるッ！」

などと叫んでいる今だってそうだ。

勇者ごっこをしているくせに全力で奇襲をかましてきた上、ムカムカと怒っている様子なのにヤリーオはむやみに突撃してきたりはしない。

実際にその戦いぶりでバトルロイヤルの一つを制しているあたり、プレイヤーとしての戦闘力は向こうのほうが上だろう。

しかし……、

「まぁいいわ。アンタがどんな相手だろうがぶっ倒すまでよ。魔王様の言葉を借りるなら、『気合と根性』ってヤツでねぇ――！」

魔王ユーリの副官として、バトルロイヤル優勝者の一人くらい倒せなくてどうする。

そう自分に言い聞かせながら、シルは強敵との戦いを始めたのだった。

# 第三十一話　反逆の一撃！

『んあああああああああああああッ!?　もうやめてくださいユーリさーーーーーんッッッ!?』

「うるせぇまだだァッ！　スキル【武装結界】ドーンッ！　アーツ『武器修復』オラァッ！　イベント用ポーションでＭＰ全回復ゴクーッ！　はいまたスキル【武装結界】！！！」

実況役のナビィが絶叫を上げる中、俺は数万人のプレイヤーを相手に武装爆撃を食らわせまくっていた！

さらに巨大火炎鳥のチュン太郎も火の玉を放ちまくり、プレイヤーたちをゴミのように焼き払っていく！

あーーー気持ちいいイイイイーーーー！

「オラそこのヤツ逃げるなッ、爆殺剣ダインスレイブドーーーーーーーーンッ！　やったーバラバラになったーーーーーーーー！！！」

プレイヤー：カタリナさんを倒しました！　メア・ミッドナイトさんを倒しました！

ナゴさんを倒しました！　イチノセ・ルナさんを倒しました！　タケミヤビさんを倒しました！　ルストさんを倒しました！　セブンナイトさんを倒しました！　コウさんを倒しました！　アオニサイさんを倒しました！　ナイカナさんを倒しました！　タダノ・イチコジンさんを倒しました！　ニシムラ・セイさんを倒しました！　ムチャオーさんを倒しました！　ガラシャさんを倒しました！　コウベさんを倒しました！　アキラーメンさんを倒しました！　サワチーさんを倒しました！　パチマンジさんを倒しました！　センゾダイダイ・ビンボーさんを倒しました！　ハリマグロさんを倒しました！　コハルさんを倒しました！　ゴサクさんを倒しました！　ミクミンさんを倒しました！　ロスポポ・タンホイザさんを倒しました！　ムニムニムーさんを倒しました！　ココノエさんを倒しました！　ハルさんを倒しました！　モンジュさんを倒しました！　カミフーセンさんを倒しました！　イセスさんを倒しました！　ササキ・リューさんを倒しました！　ヒイラギさんを倒しました！　ガチタンさんを倒しました！　キサラギさんを倒しました！　ソラさんを倒しました！　アオイさんを倒しました！　ドコゾノ・シャチクさんを倒しました！　ミリアさんを倒しました！　ソウタソさんを倒しました！　カダスさんを倒しました！　ツマチさんを倒しました！　リアムさんを倒しました！　ナツキさんを倒しました！　ナハナイさんを倒しました！　キョーゴクさんを倒しました！　レナさんを倒しました！　ハナムケさんを倒しました！　ヒビ・トウカ

さんを倒しました！　シュさんを倒しました！　コトナリさんを倒しました！　オツキさんを倒しました！　ナカムラさんを倒しました！　ミッツーさんを倒しました！　ラピスラズリさんを倒しました！　デモンさんを倒しました！　ネギさんを倒しました！　カツラギさんを倒しました！　タンタンさんを倒しました！　クジラッパさんを倒しました！　カケル・サンダヨさんを倒しました！　ゲンショさんを倒しました！　オハ・ポッポさんを倒しました！　テツオさんを倒しました！　イゾンショーさんを倒しました！　エルザさんを倒しました！　パクリダさんを倒しました！　チャムさんを倒しました！　ソーミンさんを倒しました！　サキさんを倒しました！　タイダァさんを倒しました！　イーリヤさんを倒しました！　ムラクモさんを倒しました！　リタさんを倒しました！　フミツキさんを倒しました！　アリタラコさんを倒しました！　ピカソさんを倒しました！　エピナさんを、リョクウさんを、テンマさんを、ホワスノさんを、アオニさんを、クロカギさんを、ユイさんを、ヒヨコネコさんを、オタクーンさんを、コバミソさんを、アキトラさんを、メイさんを、カズハさんを、レイノアさんを、アランさんを、セーカさんを、ヒグチ・セイタさんを――処理遅延処理遅延処理遅延処理遅延処理遅延処理遅延処理遅延処理遅延処理遅延処理遅延処理遅延処理遅延処理遅延処理遅延処理遅延処理遅延処理遅延処理遅延処理遅延処理遅延処理遅延処理遅延処理遅延処理遅延処理遅延処理遅延処理遅延処理遅延処理遅延処理遅延処理遅延処理遅延処理遅延処理遅延処理遅延処理遅延処理遅延処理遅延処理遅延処理遅延処理遅延処理遅延処理遅延処理遅延処理遅延処理遅延処理遅延処理遅延処理遅延処理遅延

処理遅延処理遅延！！！

一部のデータ処理表示に遅れが発生しました。倒したプレイヤーネームは割愛し、まとめて表示いたします。

ユーリさんは『54327人』のプレイヤーを倒しました……！

一部の相手とは10レベル以上差があったため、経験値を獲得できませんでした。

ユーリさんはレベル63までアップしました。ユーリさんにイベントポイント+54327……！

条件：『爆発系の効果でプレイヤーを10人キルする』達成！

スキル【爆殺魔】を習得しました！

【爆殺魔】：爆発の威力が1・1倍となる。

条件：『爆発系の効果でプレイヤーを100人キルする』達成！

スキル【爆殺魔】はスキル【爆殺狂】に進化しました！

【爆殺狂】：爆発の威力が1・5倍となる。

条件：『爆発系の効果でプレイヤーを1000人キルする』達成！
スキル【爆殺狂】はスキル【紅蓮《ぐれん》の魔人】に進化しました！

【紅蓮の魔人】：爆発の威力が2倍となる。

条件：『爆発系の効果でプレイヤーを10000人キルする』達成！
スキル【紅蓮の魔人】はスキル【紅蓮の魔王】に進化しました！

【紅蓮の魔王】：爆発の威力が2倍となり、任意のタイミングで爆発させられるようになる。

クラフトメイカー系限定条件：『自分の生産・加工した武器でプレイヤーを100人キルする』達成！
スキル【戦場荒らし】を獲得しました！

【戦場荒らし】：倒したプレイヤーのアイテムを一つ、極低確率でランダムに奪い取る。

クラフトメイカー系限定条件：『自分の生産・加工した武器でプレイヤーを1000人キルする』達成！

スキル【戦場荒らし】はスキル【冒瀆《ぼうとく》の収集家】に進化しました！

【冒瀆の収集家】：倒したプレイヤーのアイテムを一つ、低確率でランダムに奪い取る。

クラフトメイカー系限定条件：『自分の生産・加工した武器でプレイヤーを10000人キルする』達成！

スキル【冒瀆の収集家】はスキル【冒瀆の略奪者】に進化しました！

【冒瀆の略奪者】：倒したプレイヤーの装備品orアイテムを一つ、低確率でランダムに奪い取る。

クラフトメイカー系限定条件：『武器を5000本以上修復する』達成！

スキル【熟練修理者】を習得しました！

【熟練修理者】：アーツ『武器修理』にかかるMP消費を『1本：10ポイント』から『1ポイント』にする。

クラフトメイカー系限定条件：『自分の生産・加工した武器が30000人をキルする』達成！
スキル【死の商人】を習得しました！

【死の商人】：所有している土地の貯蔵庫より、アイテムボックス内に武器・防具を自由に出し入れすることが出来る。

「お～色々なスキルをゲットしたな～！」
【熟練修理者】素晴らしいな！　これからは武器を壊し放題だ！
あと【紅蓮の魔王】も面白い。爆破タイミングを操れるということは、あえて爆発させないことも出来るし、地面に突き刺しておいた爆破武装を爆弾のように扱えるようになるってことだからな。

それと【冒瀆の略奪者】もいいスキルだよな～。

そう褒めようとした途端――、

「ってうおおおおおおおッ!? めっ、目の前が、目の前がなんかウィンドウでいっぱいになったーーーー!?」

俺の視界が超大量のシステムメッセージで埋め尽くされる！

おいおいおいおいっ、まさかスキル【戦場荒らし】を獲得してからの処理が一気に来たのか!? 俺、五万人以上のプレイヤーをぶっ殺してるんだけどどうなるんだよコレ!?

目が潰れんばかりの勢いで、超大量の文章が流れ込んでくる……！

---

『球体関節人形』を奪いました。『メンマブレード』を奪いました。『小さな花』を奪いました。『アイスの棒』を奪いました。『蛮族の腰巻』を奪いました。『黒い鍋』を奪いました。『刃龍の爪』を奪いました。『ぱんつ』を奪いました。『メタルアーマー』を奪いました。『七色女王蜂の琥珀《こはく》』を奪いました。『ゼッコルビンの歯車』を奪いました。『ルルイエ異本』を奪いました。『生ホルモン』を奪いました。『翡翠《ひすい》のイヤリング』を奪いました。『呪いの人形』を奪いました。『ピーチマークのキビダンゴ』を奪いました。『ゴミ』を奪いました。『メタルアーマー』を奪いました。『ホムンクルスの核』を奪い

---

ました。『牛肉』を奪いました。『エリシア人形』を奪いました。『薄いゴム』を奪いました。『へそピアス』を奪いました。『汚れた聖水』を奪いました。『肩たたき券』を奪いました。『ひのきの棒』を奪いました。『メタルアーマー』を奪いました。『人工知能の魔法石』を奪いました。『エターナルマナポーション』を奪いました。『茎わかめ』を奪いました。『ヨクアタール』を奪いました。『食いかけのガム』を奪いました。『冥府の血霧』を奪いました。『黒夜の宝玉』を奪いました。『ナマケモノの着ぐるみ』を奪いました。『メタルアーマー』を奪いました。『逆さまの冠』を奪いました。『生肉』を奪いました。『穴だけのドーナツ』を奪いました。『三角コーン』を奪いました。『うに』を奪いました。『クーポン剣』を奪いました。『ダンゴムシ』を奪いました。『タイムカプセル』を奪いました。『メタルアーマー』を奪いました。『ブーメラン水着』を奪いました。『ゴールデンなまこ』を奪いました。『テンジョウテンゲユイガドクソン・ソード』を奪いました。『変身ベルト』を奪いました。『育毛剤』を奪いました。『アキラメロン』を奪いました。『ペットの餌』を奪いました。『回復薬リゼーダ』を奪いました。『メタルアーマー』を奪いました。『煙球』を奪いました。『ゴルディオンソード』を奪いました。『メイド服』を奪いました。『一日十個の限定チョコケーキ』を奪いました。『結婚指輪』を奪いました。『撃滅槍《げきめつそう》グングニル』を奪いました。『アダマンタイト』を奪いました。『イベント用回復ポーション』を奪いました。『美少女魔王♡ユーリの秘密写真集（課金限定アイテム）』を奪いました。『ネクロノミコン』を奪いました。『丸太』を奪いました。『世界樹の種』を奪いました。『イヌ耳』を奪いました。『書物：底辺領主の勘違い英雄譚《たん》』を――処理不能処理不能処理不能処理不能処理不能処理不能処理不能処理不能処理不能処理不能処理不能処理不能処理不能処理不能処理不能処理不能処理不能処理不能処理不能処理不能処理不能処理不能処理不能処理不能処理不能処理不能処理不能処理不能処理不能処理不能処理不能処理不能処理不能処理不能処理不能処理不能処理不能処理不能処理不能処理不能処理不能処理不能処理不能！　処理、省略！

合計『51981個』のアイテムを奪い取りました！

アイテムボックスがいっぱいになりました。クラフトメイカーの固有能力【転送】により、余った分はギルドの貯蔵庫に送られます！

クラフトメイカー系限定条件：『累計30000種類のアイテムを獲得する』達成！

スキル【万物の王】を習得しました！

【万物の王】：所有している土地の貯蔵庫より、アイテムボックス内に武装以外のアイテムを自由に出し入れすることが出来る。

「ふぉおおおおおおおお……！　な、なんかえらいことになっちまったぞッ!?」

もはや把握しきれない量のアイテムを獲得してしまった……！

やばいぞ、クラフトメイカーって極めたらめちゃくちゃ恐ろしいジョブじゃねぇか!?

倒した敵プレイヤーからアイテムを奪い取るようなスキルはたぶんあると思ってたが、まさか生産職に搭載されてるとは思わなかった……！

「まぁ、俺が変わった使い方をしてるだけで他のプレイヤーたちは戦えないジョブだと思ってるからな。もしかしたら運営もそんな風に考えていて、クラフトメイカーのみが略奪系のスキルに目覚めるようにしたのかもなぁ～。

最弱のジョブだったら、略奪系スキルを持っていても大量に奪うことは出来ないだろうって感じで」

で、見事にやつらの思惑は外れてしまったわけだ。

そうして、「相変わらずアイツらは見通しが甘いなぁー」と溜《た》め息《いき》を吐《つ》いた時だった。

溢《あふ》れかえっていたメッセージウィンドウが視界から消えようとしたところで――、

「――昨日の借りを返させてもらいますよっ、ユーリさんッ！」

「なにっ!?」

背後から声が聞こえてきた時には遅かった。

咄嗟《とっさ》に振り向けば、そこには猫耳をツンと立てたミニスカ和服のチビ少女・コリンのやつが立っていた！

彼女の手には蒼《あお》きオーラを放つ短刀が握られており――、

「アーツ発動、『瞬迅突』！」

「ッッッ!?」

そのままコリンは高速の突きを放ち、俺の心臓を穿《うが》ち抜くッ！

それによってＨＰ１の俺は致命傷を受けるものの――、

スキル【執念】発動！　致命傷よりＨＰ１で生存！


「あっぶねーっ！　だがまだだぁッ！」

圧倒的な幸運値により食いしばりのスキルが発動し、俺は実質無傷で生き残った！

そうしてコリンに反撃しようとするも、

「ええ、まだですよユーリさんッ！　わたしの戦術はここからですッ！」

そう彼女が言い放った瞬間、俺の視界に新たなシステムメッセージが表示される。

そこにはなんと……！

『霊剣フツノミタマ』の効果発動。３分間、アナタのスキルをランダムに三つ封印します。アナタは【武装結界】【死の商人】【魔王の眷属《けんぞく》】が使用不能になりました。


「はっ、はぁあああああッ!?　スキル封印だとぉーーーッ!?」

「えへへっ、ごめんなさいねユーリさん！　一発やらせていただいちゃいました〜っ！」

渾身《こんしん》のドヤ顔をかましながらナイフを深く押し込むコリン。

そのまま彼女は力を込めて、チュン太郎の背中から俺を突き落としやがった！

「お、お前ーーーーーっ!?」

くそっ、完全にやってくれやがったッ！　【武装結界】が封印されたら俺の攻撃手段はほとんどなくなっちまう！

ああ──しかも脅威はまだまだ続く。

落下していく俺の視界に、一斉にこちらに向かって駆けてくる数千人のプレイヤーたちの姿が映り込んだ……！

# 幕間　増殖バグだよ、運営ちゃん!!!!!!

シルとユーリが思わぬ窮地に陥る中――運営のオフィスも阿鼻《あび》叫喚《きょうかん》の事態となっていた。

「うぎゃああああああああああああぁッ!?　五万個以上のアイテム奪取ってどういうことだよぉおおお!?」

「チクショウッ、誰だよキルした相手のアイテムを奪うスキルを考えたのは!?　一歩間違ったら大惨事だろうが！　そして我らがユーリ様が一歩どころか千歩くらい間違えやがったからこんな事態になっちまったじゃねーかウワアアアアアアンッ！」

「うるせぇッ！　『強いスキルだけどクソザコナメクジの生産職に付けとけば安全だよねっ！』ってみんなで会議で決めただろうが！」

「いやああああああ!?　いらないアイテムを全部売っぱらって大金に換えて、リアルマネー交換機能を使う魔王様の姿が見えるぅううううッ！」

ゴロゴロと床を転がりながら発狂する運営の者たち。

大暴走しているユーリがさらにとんでもない力と資源を手に入れてしまったことに、もはや頭が壊れて笑えそうにすらなっていた。

だが自暴自棄になっている場合ではない。運営の者たちは急いでモニターチェックに戻り、街の様子を見ることにする。

この状況で一番ヤバいのは、アイテムを奪われたプレイヤーたちの暴動だ。

恐る恐る、戦場から帰ってきた者たちの表情を見ると――、

「……あれっ、みんなわりと落ち着いてるなぁ？」

「ユーリに爆殺されて震えてる人はいっぱいいるけど、特に怒ってる人はいませんねぇ……？」

「中には『チクショウッ、次は負けないからな！』って言ってる人もいるぞ。みんな意外とおおらかなのかな……？」

何かがおかしいぞ～と首を捻《ひね》る運営の者たち。

そこで運営チームの紅一点である技術者が「あっ」と声を上げた。

「そうですそうです思い出しましたっ！　そういえばわたしたち、イベント前にこういうルールを設定してたじゃないですか！

『特殊フィールド内での「拠点の崩壊、使い魔の死亡、装備・アイテムの損傷および損失」などはイベント終了後にはなかったことになりますので、みなさまどんどん参加してください！』って！」

「「「あっっっ!?」」」

一斉に顔を見合わせる大人たち。

そう、以前の何の補完もない（かなりクソな）バトルロイヤルイベントの時から成長した彼らは、装備が壊れるなどしたプレイヤーたちへの救済策をちゃんと用意していたのだ。

つまり今回負けたプレイヤーたちはアイテムを奪われたこともなかったことになり、何の損害も受けていないわけである。暴動など起きるわけがない。

「やっ……やったーーーーーーーッ！」

自分たちの成長っぷりが思わぬピンチを救ってくれたことに、運営の者たちは一斉に万歳をした。

「やったやったやったっ！　なんだよオレたち、そういえばちゃんと何かあった時の保険をかけてたんじゃないか！」

「ははは、以前のオレらとは違うってことだな！　いやぁ～一時はどうなるかと思ったわ。イベントでしか手に入らないアイテムを奪われてるヤツもいるしさ～」

「あっ、ホントだ！　ログを確認したらユーリのヤツ、一人のプレイヤーにつき一本しか手に入らない『撃滅槍グングニル』を三十本もゲットしてるよ！　草生える～！」

「魔法使いしか手に入らない限定魔導書の『ネクロノミコン』も手に入れてるな！　あと最高級の防具の素材になるが、換金したら一億ゴールドになる『アダマンタイト』も十個はゲットしてるじゃねーか。さてはプレイヤーども、素材にしようか換金しようか迷ってたな〜っ!?」

「いや〜こりゃあ危なかったね。こんなスキルを設定するなんて昔のオレたちはどうかしてたわ。とりあえずイベント終了後のアップデート時には、一部のアイテムは奪えない仕様にしようっと！　仕様だけに〜！」

「異議なし！　ふぅ〜、オレたちが成長しててホント助かったわー」

和やかに笑う運営の者たち。

最大級の危機を自分たちの成長によって乗り越えた達成感に、じんわりと涙を浮かべる者さえいた。

「ふぅ……これでイベントが終わったら全部元通りだな。ユーリが手に入れまくっちまった最高級限定アイテムの山も消えてなくなるだろ。せっかくプレイヤーが増えまくって笑えるほど稼げるようになってきたのに、また一千万だか取られるのはゴメンだからな〜！」

「「「言えてる言えてる！」」」

開発室に響く笑い声。

元々はかなりギスギスしていた彼らだったが、魔王ユーリという鬼畜プレイヤーを相手に苦戦しているうちに、気付けば結束の強いチームへと成長していたのだった。

彼らは肩を叩《たた》き合い、希望の明日を夢に見る。

「オレたちはようやく気付くことが出来た。ゲーム運営に必要なのは対応力だってな」

「ああ、ちょっとした設定ミスがあってもいいじゃねーか。予想外の事態だってみんなで力を合わせて乗り越えて、次につなげていけばいいんだよ」

「そうやって少しずつ成長していけばいいんだよな。助け合える仲間たちと一緒に！」

はっはっはっはっはと運営の者たちは明るく笑うのだった。

かくして、彼らが絆《きずな》を確かめ合っていた時のこと。紅一点の技術者が、おずおずと手を上げてこう言った。

「ぁっ、あの～……『ユーリが手に入れまくっちまった最高級限定アイテムの山も消えてなくなるだろ』とおっしゃっていましたが、わたしたちの設定したルールって、あくまでも失ったアイテムをバックログからコピーして補完するだけですよね？

つまり──手に入れたアイテムはそのままなんじゃ？」

「「「あっ──ああああああああああああああああああああああッ!?」」」

その瞬間、再びオフィスに絶叫が響き渡る！

要するにユーリは超大量の高額アイテムを手にしたまま、意気揚々と帰ってくるわけである！

「だッ、誰の責任じゃゴラァァアアアア──────ッ!?」

熱い友情は一瞬にして終わりを迎えた。

輝いていた瞳を恐怖と怒りに染め、隣にいた仲間同士で殴り合い始める運営の者たち。

築いた絆は瞬く間に崩れ、クソみたいな責任のなすりつけ合いが幕を開けた――ッ！

「うおおおおッ！　誰だよこんな穴だらけの補完システムを作ったのは!?　プレイヤーの数までしかないはずの限定アイテムが増殖しちまったじゃねえかーーーーッ！」

「うるせぇカスッ！　いいからさっさと緊急アップデートしてこいやぁッ！」

「ふざけたこと言ってんじゃねぇぞタコッ！　イベント中にそんなことしてゲームが止まったらそれこそ炎上騒ぎじゃねえかッ！」

「タコだとテメェーーーーッ!?」

ボコグチャと殴り合う頭ふわふわ運営野郎ども。

ユーリを相手に一応は成長している彼らだが、人間なんてそう簡単には変わらない。思わぬ事態に狂ってしまうゆとり脳は今もなお健在だった。

そんな彼らに追い打ちをかけるように、紅一点の技術者がおそるおそる発言する。

「あっ、あのあのあのっ、イベントはあと四回あるんですよ……!?　その全てにユーリさんが参加して、今回みたいに六万人近くのプレイヤーを虐殺なんて事態になったら、全部合わせて『三十万個』のアイテムがあの人のところに集結するということに……！」

「「ひぎぃいいいいいいいいいいいいーーーーーーーーーーーーーー!?」」

意味のわからない事態を前に、ついに運営の者たちの精神が崩壊を起こす！

恥も外聞もなく涙と鼻水を何リットルも噴き出しながら、モニターの中でユーリを追い詰めている少女・コリンに向かって心から叫んだ――！

「お願いコリンちゃんっ、そのやべぇヤツをぶっ殺してくれーーーーーーー！　バッキバキに心を折って、残り四回のイベントに出せないようにしてくだしゃぁあああああいッ！！！」

「じゃないとオレたちの心が折れちゃうからーーーーーーーーーーーーーっ！」

お願いしますッ、お願いしますッ！　と十人を超える大人たちが画面に向かって何度も何度も土下座を始める。

そんな狂気的な光景を見て、紅一点の技術者は「……やめようかなぁ。ここの仕事」とポツリと呟《つぶや》いたのだった。

# 第三十二話　かかってこいよ、コリンちゃん！

ズドンッ！　という音を立てて俺は地面に着地した。スキル【魔王の肉体】のおかげで落下ダメージは皆無だ。

「くそっ、やりやがるなコリン……！　というかどうやってチュン太郎の上にっ……」

そう呟いた時だった。頭上に影が差し掛かったと思いきや、コリンのヤツが俺に向かって飛び降りてきた！

「逃がしませんよ、ユーリさん！」

ははは、ぼやく暇も与えないってか。やる気いっぱいだなアイツ。

付近の砦《とりで》から数千人の敵プレイヤーたちが迫りくる中、俺は空中の彼女を迎え撃つ。

「いいぜ、来いよコリン！　勝負だッ！」

「ええ、アナタを殺してトッププレイヤーの座を奪い取ってやりますよッ！」

俺は弓を構えると、落ちてくるコリンを射ち墜《う お》とさんと数本の矢を一気に放った。

彼女の武器は短刀一本。すべて弾《はじ》くのは難しい上、空中では身動きが取れないので回避することも困難だ。

さてどうなるかと思いきや、

「スキル発動、【軽量化】！　さらに魔法系アーツ発動、『ウィンドショット』！」

その瞬間、コリンは天より駆ける燕《つばめ》となった！

先日のバトルロイヤルで魔法をスラスターとして利用してくる戦術は知っていたが、そこにさらにスキルを組み合わせ、敏捷性《びんしょうせい》を上げてきたのだ！

「ハァァアアアーーーーーッ！」

超高速で迫るコリン。矢が殺到する寸前の隙間を縫い、俺を貫かんと猛接近する——！

「死んでくださいユーリさんッ！」

「ハッ、死んでと言われて死ねるかよぉッ！」

こりゃぁ面白いことになってきたぜッ！

俺は弓をそこらへんに捨てると、拳を突き出して彼女の短刀へと叩きつけた。

拳を無敵化するスキル【神殺しの拳】と衝撃を発生させる【魔王の波動】が同時発動し、俺の腕は生身でありながら凶器と化す。

拳と刃がぶつかり合った瞬間、ギィイイイインッ！　という異音が戦場に木霊した。

「っ……やっぱりそう簡単には倒せませんねっと！」

激突は一瞬。コリンはくるりと身をひるがえして地面に着地する。

【軽量化】というスキルの効果だろうか、まるで猫のように足音さえも立てない身軽さだ。

「なるほどな……チュン太郎の上に現れた仕組みはわかった。風魔法とスキルの組み合わせで、文字通り飛んできたわけか」

「そういうわけですっ！」

俺の回答に彼女は頷《うなず》き、青く輝く刃を自慢するように見せつけてくる。

「さぁさぁユーリさん、注意すべきは魔法とスキルの組み合わせだけじゃありません。わたしの『霊剣フツノミタマ』は強いですよぉ！　どんなふうに突き刺しても1ダメージしか与えられない武器ですが、代わりにスキルのランダム封印が行えるんです！」

「封印、か……」

そりゃ強力な効果だな。ランダムという点に目をつむれば、ぶっ壊れアイテムに違いない。

それゆえ、値段も相当に高いことだろう。イベントであまり結果を出せなかったコリンが、よく買えたものだと考え――ああ、なるほどな。

「まぁ、自分の筋力値に比べて相手の防御値が高すぎれば、効果が発動しないという条件もありますが……わかりますよねぇ？」

「わかるさ。ＨＰは1で防御値はゼロな俺を倒すにはピッタリな武器ってわけだ。

――そう言って、スキンヘッドはソイツをお前にプレゼントしたんだろう？」

「ツッツ!?」

余裕のあった彼女の表情がわずかに硬くなった。なるほど、やはりアイツが糸を引いていたか。

「さらに続けてこうも言われたな？　『殺せそうなら殺していいぜ。だが無理そうなら、温存していた数千人のプレイヤーどもと一緒にユーリを焦らせて、必殺アーツ「滅びの暴走召喚」を使わせろ』──と」

「うっ……」

さらに強張《こわば》るコリンの顔付き。どうやらこちらも正解みたいだ。

ったく、あのダチ公め……どんな手を使ってでも本気で俺を殺しにきてやがるな。

顔に似合わずネチっこい手を使いやがって。なんて野郎だ、大好きだ。

「う、うぅ……どちらも正解ですよ。最初の数発でスキル【執念】を封印できなかったら、殺すのは二の次にして弱体化に努めるよう言われてました……」

「やっぱりか。急に武器をペラペラ紹介し始めるやつなんて、時間を稼ぎたいかただのアホのどちらかだからな。まぁ半ばブラフだったが、当たってたようで何よりだ」

「ブラフだったんですかッ!?　う、うぎぎぎぎ……相変わらずの戦上手……ッ！

じゃ、じゃあ、どうしてスキンヘッドさんに言われた言葉が一字一句あってたんですか!?　むしろそっちにビックリなんですけど！」

「えっ……あーなんでだろうな？　なんかこう、アイツとは語り合わずとも通じ合えるっていうか……？」

「ってなんですかそれ!?」

なぜか顔を赤くするコリン。「恥ずかしいこと言わないでくださいっ！」と叱りつけてくる。

はて、どこらへんが恥ずかしいのだろうか？　要するにアイツとは気の合う友達同士だからと言ってるだけなのに。

う～んと首を捻《ひね》る俺に対し、コリンはふと訊《たず》ねてくる。

「……それでユーリさん。わたしの狙いに気付いているのに、どうして仲良くおしゃべりに興じているんですかね？

『ユーリのことだからま～た開幕から虐殺しまくるだろう』と読んでスキンヘッドさんが温存させていたプレイヤー集団、もう間近まで迫ってますよ？」

「うん？　そんなの決まってるだろ。――アイツの策と、なによりお前に、真正面からぶつかるためだよ」

そうして俺は超大量の召喚陣を顕現させた。

コリンが驚愕《きょうがく》に目を見開く中、俺は特大のアーツを発動させる。

「必殺アーツ発動、『滅びの暴走召喚』！　さぁモンスターどもよ、プレイヤーの軍団を迎え撃てッ！」

『ギシャァァアアアアアッッッ！』

そして放たれる百体のモンスターたち。どれもが元々超高レベルなやつらな上に、俺に経験値を与えられて強化されている。数では劣るが、一筋縄ではいかないはずだ。

俺はモンスター軍団を見送り、瞠目《どうもく》しているコリンのやつに対峙《たいじ》する。

「なっ……その技、再発動まですごく時間がかかるはずですよね!? それなのになんで……スキンヘッドさんとの戦いが残っているのに……！」

「言っただろうがコリン、お前と真正面からぶつかるためだってな。

……まさかお前、俺にとってはスキンヘッドこそ『最高のライバル』で、それ以外のやつは前座に過ぎない……なんて思いこんでないよなぁ？」

「えっ……!?」

口をぽかんと開けるコリン。「違うんですか……？」と心底驚きながら問いかけてくる。

「ハッ、んなわけねーだろうが」

俺は彼女を指差すと、真《ま》っ直《す》ぐに見つめながら言ってやる！

「──この俺にとって、全力でぶつかってくるプレイヤーは全員『最高のライバル』なんだよッ！　あのプレイヤー集団もッ、そして何よりお前自身もだッ！」

「っっ!?」

俺の言葉に、コリンは短刀を強く握り締めた。

彼女の大きな丸い瞳に闘志の炎が揺らめき輝く──！

「前座ではなく……わたしこそが、最高のライバル……!?」

「あぁそうだッ！　ゆえに、戦《ヤ》ろうぜコリンッ！　今この瞬間は、お前こそが俺にとっての最高の敵だッ！」

「ッ……フ、フフフフフフッ！　あぁもうっ、言ってくれますねぇユーリさんっ！　そういうところがっ、大好きなんですよーーーッ！」

咆哮《ほうこう》と共にコリンは一気に駆け出した。

こうして俺はいつか助けた小さな少女と、本気の殺し合いを開始する――！

「「ウォオオオオオオオーーーーーーッ！」」

焼け焦げた戦場で幕開けた俺とコリンの一騎打ち。

俺は駆けながら亜空間の使い魔たちへと叫ぶ――！

「来やがれポン太郎どもォッ！　いくぞーーー！」

『キシャシャァーーーーーッ！』

そして現れる十一本の矢型モンスターたち。彼らを両手に短剣のごとく握り締め、コリンへと斬りかかる。

――本業の近接職であるコリンに対してこんな無茶をする理由は単純。

向かってきている数千人のプレイヤーどもを足止めしている使い魔たちが、『滅びの暴走召喚』の制限により三十秒しか持たないからだ。

ちらりと視線を向ければ範囲攻撃から特大火炎放射まで使って暴れ回っているようだが、全滅させるには至らない。プレイヤーどもも時間制限を意識してか逃げ回るように努めている。

一応チュン太郎も向かわせたが、流石《さすが》に敵の数が多すぎる。

対してコリンはというとッ、

「死ねーーーッ！」

っ、きた！　スキル【軽量化】とアーツ『ウィンドショット』の加速コンボ！　それを用いて弾丸のごとく俺の下へと飛び込んでくる――――！

ギィイインッという音を立てて、漆黒の光に包まれた矢と青い光を放つ霊刀がぶつかり合う。

そのたびにコリンは【魔王の波動】の効果によって吹き飛ばされるも、一切怯《ひる》みはしない。

「まだまだまだぁあああーーーーっ！」

空中でくるりと姿勢を整えては、風魔法の噴射によって何度も何度も何度も、突き殺そうと蜂のように襲い掛かってくる。

その無謀ともいえる猛攻っぷりでわかる……彼女もまた短期決戦を狙っていることが。

「あんまり時間をかけすぎると、霊刀の効果で封印した【武装結界】が復活しちまうから

いってか」

な。そしてなにより、他のプレイヤーどもに駆けつけられて一騎打ちを邪魔されたくな

「ええ、大正解ですよッ！　アナタのことは他の誰にも渡しませんッ！」

激しさを増していく刺突の連打。

弾《はじ》いてからコンマ1秒もかからずに繰り出される連続攻撃により、徐々に対処するのが難しくなってきた。

ははは、やりやがるなぁコリン……スキル【軽量化】とこちらの【魔王の波動】による吹き飛ばし効果を利用した疑似的なヒットアンドアウェイ戦法か。おかげで反撃さえもおぼつかない。

さらに【禁断召喚】による爆破系キマイラなどの召喚も警戒してか、付かず離れずの状態を無理やり維持してきやがる。

ああ、認めてやるよコリン。お前は強敵だ。

だったら――――。

「――よっと」

「え？」

彼女の繰り出した何度目かの刺突攻撃。俺はそれが迫りくる直前、右手に握ったポン太郎たちの鏃《やじり》を使い、自分の片腕を肘から切り落とした――――！

鮮血を撒《ま》き散らしながら舞い散る左腕。その光景に、コリンの表情が一瞬無になる。

そら、惚《ほう》けてる場合じゃないぞコリンッ！

俺は【執念】によって自傷から生き残りながら、足を思い切り後ろに振りかぶり、

「食らいやがれーーーーッ！」

空中に舞う自分の腕の切断部を、短刀を構えたコリンへと全力で蹴り飛ばした！

スキル【魔王の波動】によってすさまじい衝撃が発生し、ロケットパンチとなって彼女に迫る――！

「なっ、えええええええッ!?」

驚愕の声を上げながら飛んできたソレへと咄嗟《とっさ》に刃を当ててしまったコリン。

だが攻撃を防いだ瞬間、グチュリと響いてきた音にそれは失策だったと彼女は気付く。

柔らかな肉に鍔《つば》まで埋まり、リーチのわずかな『短刀』の刃が完全に隠れてしまったからだ……！

「し、しまっ――!?」

「刃で刺したら効果が発動するんだろう!? だったら刃を使えなくすりゃいいってなぁッ！

さぁ、これで決着といこうかーーーーッ！」

片手に握った複数本の矢を構え、怯んだ彼女に突き出した！

薄い胸へと鏃が刺さり、コリンの口から「がはッ!?」と鮮血が噴き出す。さらに、

「終わりだコリン。モンスタースキル【闇分身】発動！」

そして解放されるシャドウ・ウェポンたちの能力。漆黒の矢がコリンの体内で分裂を果たし、彼女を内側から引き裂いていった――！

「がッはぁあああぁーーーーッ!?」

・プレイヤー：コリンさんを倒しました！
ユーリさんにイベントポイント＋1！

ファンファーレと共に表示されるメッセージウィンドウ。
こうして一騎打ちは、俺の勝利で幕を下ろしたのだった。
だが……、

「はっ、ははは……やっぱり強いですねぇ、ユーリさんは。相変わらず戦い方が意味不明ですよ……自分の腕を千切ってロケットパンチってなんですか……」

「カッコよかっただろう？」

「いやドン引きですよ……」

粒子となって消えていくコリン。彼女は悔しげな声で呟《つぶや》きつつも、最後に俺へと言い残していく。

「残念ながら、個人としては負けてしまいましたが――『魔王討伐同盟』としての任務は、果たさせていただきましたよ」

「っ――!?」

彼女が消えたその瞬間、背後よりザッと複数の足音が響き渡った。

……振り返ると、そこには。

『いくぞ魔王！　次の相手はオレたちだ――――――――――ッ！』

あぁ、そこには数千人のプレイヤーたちが、燃え落ちたファイヤーバードの死体を背に立っていたのだった……！

「ふはっ……！　覚悟はしてたが、こりゃぁやられちまったなぁ……」

武器を構えながら一斉に吼《ほ》え叫ぶプレイヤーたち。対して俺は【武装結界】を封印されたままの状態だ。おそらくは解除までまだ一分近くかかるだろう。

「見事だぜ、コリン」

これは手放しで褒めざるを得ない。

あいつは俺を弱体化させ、必殺アーツ『滅びの暴走召喚』を使わせた上でこの場に縛り付けてみせたのだ。半ば俺から選んだこととはいえ、集団戦としては百点満点の仕事をしていきやがった。

「やるなぁアイツ……試合には勝って勝負には負けたって感じだ。この戦いが終わったら、ウチのギルドにスカウトするのもいいかもな……」

そんなことを呟きつつ、俺はプレイヤーたちへと叫び返す。

「うしっ――じゃぁやるかぁッ！　さぁ、かかってこいよお前らッ！　悪いが全員倒させてもらうぞ！」

ここで死ぬわけにはいかないからな！

数日前の宣言通り、俺のことを集団戦法でグッチャグチャにしにきたスキンヘッドの野郎をぶっ殺してやらなければ。

「いくぞォオオオオーーーーッ！」

『こいや魔王ォオオオオーーーーーーッ！』

宿敵との熱戦を夢に見ながら、俺はプレイヤーたちへと駆けていったのだった。

# 第三十三話　魔王軍、大集結!!!

数千人のプレイヤーに対する一騎駆け。それはあまりにも無謀を極めた。

「魔術系アーツ発動！『メテオシュート』ッ！」

「斬撃系アーツ発動！『飛燕《ひえん》刃』ッ！」

俺へと殺到する無数の攻撃。そのうち何発かをスキル【神殺しの拳】によって無力化するも、文字通り手が足りない！

ただでさえ多勢に無勢なのに、コリンとの戦いによって片腕を失っちまったからな。治そうにもイベント用回復ポーションを使用している暇さえない。

『倒れろッ、魔王ユーリィイイーーーーーーッ！』

「がはっ、クソがぁあああッ!?」

絶え間なく降り注いでくる遠距離攻撃の雨嵐。それにより俺は開戦十数秒にして三十回は殺されていた。

ときおり爆破系武器を投げつけて一人や二人を爆死させるも、やはり敵の数が多すぎる。

「さぁて、どうしたもんかな……！」

スキル【武装結界】の封印が解除されるまで数十秒。それまで死なずに耐えることができるか……！

残った腕で必死に攻撃を弾きながら、流石の俺も冷や汗を流し始めた——その時、

「——我らが魔王殿を援護せよォォオオオオッ！」

『ウォオオオオオオオオオーーーーッ！』

ボロボロになった俺の背後より、野太い声が響き渡った！

それと同時に無数の武器が投げつけられ、敵プレイヤーたちに当たった瞬間大爆発が巻き起こっていく。

「な、なに……？」

この戦場はシルとグリムとNPCども以外、全部敵じゃなかったのか……？　それに今のは爆発武器!?

一体何が起きているんだと、他の敵プレイヤーたちと共に攻撃の飛んできたほうを見ると、

「ご無事ですか、ユーリ殿。我ら『生産職革命軍』、アナタ様を援護しますぞ」

「あっ……アンタはクラフトメイカーの!?」

そこにいたのは、メガネをキラッと光らせた生産職の先輩だった。

さらに彼の背後には、工房にいた他のクラフトメイカーたちや職人らしき恰好《かっこう》をした者たちが数百人と揃《そろ》っていた。

「アンタたち、どうして……!?」

「愚問ですなぁユーリ殿。生産職はみんなで仲良く協力し合うのがモットーですぞ？　その輪の中には当然ユーリ殿も入っている」

「先輩……」

「そして何より、アナタは我らにこう言ったではありませぬか。『本当にこのまま、戦闘職に舐《な》められっぱなしでいいのか』と。

——それが嫌だから、こうして意地を張りにきたのですぞッ！」

そう言って先輩は、俺を守るように敵プレイヤーたちの前へと立った。

さらに他のクラフトメイカーたちも自信満々の笑みで、次々と先輩に並び立っていく。

この光景に困惑したのは俺以上に敵プレイヤーたちだ。

いきなり戦場に現れた生産職たちを前に、何のつもりだと吼え叫ぶ。

「なっ、なんだよテメェら!?　邪魔するならユーリと一緒にぶっ殺すぞ！」

「やれるものならやってみるがいい！　我ら生産職の真の力、貴様らに見せてやろうッ！」

かくして戦いは始まった。

気を取り直して武器を構えなおす敵プレイヤーたち。彼らは戦闘ジョブ特有の斬撃系アーツや魔法系アーツを放ち、盾突いてきた生産職プレイヤーたちを撃滅せんとしたのだが——、

「フハハハハハハッ！　遅い遅いそして弱いッ！」

ここでさらに意味のわからない事態が発生した！

非力に見えた生産職プレイヤーたちが、シュバババババッとものすごい速さで動き回り、敵プレイヤーたちの攻撃を避けまくっていったのだ！

あまりにも速すぎる動きに自分でも制御しきれないのか、よろけて攻撃が当たってしまうことがあるも、それほど効いていない様子で再び前へと突撃していく。

その光景に敵プレイヤーたちが混乱する。

「なっ、なんだコイツらーーー!?　生産職って戦えないはずじゃッ!?」

「フハハハッ！　それは間違いですぞ戦闘職どもッ！　我らはあくまで攻撃手段がなかっただけなのだ！

そう……我らは自分たちでさえも戦えないと諦めきり、フィールド素材の収集に専念するために、ステータスポイントを防御値や敏捷《びんしょう》値だけに振り続けてきた！

つまりしぶとさと素早さに関しては、貴様たちよりも上なのだーーーーッ！」

「はぁーーーっ!?」

驚愕《きょうがく》の声を上げる敵プレイヤーたちを前に、ついにクラフトメイカーたちはカサカサカサッと動き回りながら攻撃の雨を突破する。

そうして敵の眼前に躍り出ると、全員がその手に巨大な大剣を顕現させた！　どれもこれもが爆破武器のようで、赤黒いオーラを纏《まと》わせている。

……ってちょっと待て!?

「ちょっ、そんなデカい武器持てるのかよ先輩!?　防御値や敏捷値だけを上げ続けてきたってことは、筋力値は最底辺なんじゃ……あッ!?」

言いかけたところで俺は気付いた。

このゲームにおいて俺こそが一番知っている。システム的に持てない武器を持ったらどうなるか……その結末を!

「フハハハハ、気付きましたかなユーリ殿!?　モノ作りの極意は他者の技術を盗むこと……魔王殿の必殺奥義、パクらせてもらいますぞーーーッ!」

先輩が叫ぶのと同時に、みんなが手に持った大剣の数々が一斉に射出された!

そう、持てない武器を無理やり持てば、システムによって弾《はじ》かれてしまうのだ。

それによって無数の武器は敵プレイヤーたちへと襲い掛かり、接触した瞬間に大爆発が巻き起こる――!

「ぎゃあああああああッ!?　なっ、なんだそりゃーーーッ!?」

絶叫を上げながら吹き飛んでいく敵たち。そんな彼らに生産職の者たちは情け容赦なく武器を射出し、戦場を地獄に変えていく。

その光景に俺は苦笑いするしかなかった……!

「はははは っ……ああ、お前ら最高にカッコいいわ……！」

「フッ、全ては魔王殿のおかげですぞ。アナタ様が我らのケツを蹴り上げてくれたからこそ、我らは参戦を決めたのです。

さぁ、ここは任せていきなされ魔王殿ッ！　敵のギルドに所属している生産職仲間からの情報によると、スキンヘッドとザンソードめがいるのは、この先にある巨岩城ですぞ！」

ふはっ……情報のリークまでこなしてくれるとは、本当に頼もしすぎるぞ生産職……！

敵を爆殺しながらハイになって笑うクラフトメイカーたちを前に、こいつらだけは敵に回さないでおこうと俺は誓うのだった。

さぁ、彼らが時間を稼いでくれている間に行くとするか。

そうして俺が駆け出さんとした時だ。爆殺武器によって全身をグチャグチャにされながらも、何人かの敵プレイヤーが爆炎の中から飛び出してきた。

「クソがぁッ、行かせるかぁあああああッ！」

「生産職どもなんかに負かされてたんじゃ、オレたちのメンツが立たねぇんだよォオオオーーーーッ！」

黒焦げになりながらも襲い掛かってくる者たち。

──だがその時、さらなる横槍《よこやり》が彼らの命を奪い取る！

「よっしゃァ、コイツら弱ってるぞ！　集団でグチャグチャにしようぜーーーー！」

『わーーーーーーーーーいッ！』

次の瞬間、俺の背後よりまたも多くの集団が現れた！

彼らはピカピカの武器を手に、ＨＰも残りわずかになっていた敵プレイヤーに対して一斉に飛び掛かっていったのだった。

「えっ、えええええッ!?」

「「「わーーーーい死ねぇええええええええええ！」」」

……たった数名を相手に数百名で襲い掛かり、グチャップブチュッゴチュッと槍やら剣やらを突き刺しまくって無数の肉片に変えていく。

そんな鬼畜集団の顔に、俺は見覚えがあった。

「……よぉお前ら、元気そうだな」

『あっ、魔王様だーーーーーーーーーー！』

俺を見るや目をキラキラと輝かせる鬼畜集団。

そう、彼らは俺が遊んでやった初心者プレイヤーたちだった。

たしかどこのギルドにも入れてもらえなかった連中のはずだが、どうしてこいつらまでギルド戦にいるんだ？

そう首を捻《ひね》った時、後ろから「さあ、敵は弱ってますわよ！　どんどんグチャグチャにしてやりなさい！」とお上品にえげつないことを言う声が飛んできた。

って、

「フランソワーズ!?　なんでここに！」

「あらユーリさん、ごきげんよう。

うふふふ……実はアナタが初心者プレイヤーたちのためにプチイベントを開いてくれたと聞きましてね。

わたくしも負けていられないと思いまして、急遽《きゆうきよ》『みんなで殺そう！　初心者部隊！』というギルドを作って参戦させてあげることにしましたの！」

みなさん大喜びですわ〜と華やかに笑うフランソワーズ。

焼け焦げた戦場に白いドレスの彼女の姿は非常に浮くが、ときおり手にした傘からレーザー魔法をぶっ放して敵を殲滅《せんめつ》しているあたり、セカンドジョブ獲得に至ったほどの高レベルプレイヤーなんだろう。本当にどいつもこいつも怖すぎるな……！

「さぁ魔王様、ここは生産職ギルドのみなさまとわたくしたちが引き受けます。どうか存分に戦いを楽しんできてくださいませっ！」

「……ああ、もちろんだ！」

彼女の言葉に力強く頷《うなず》く。

みんなで殺そう!
初心者部隊

頼もしすぎる仲間たちの想《おも》いを受け、俺はスキンヘッドの下へと駆けていったのだった。

# 第三十四話　魔性の女、ユーリちゃん!!!

——岩を削り出した巨城に向かい、俺は戦場を突っ走る。

スキルの封印は完全に解け、失った腕も回復薬により癒した。状態はすでに万全だ。

いや……万全以上と言っていいだろう。

「ありがとうな、みんな……！」

いつも以上に燃え滾《たぎ》る闘志を胸に、背後で戦う仲間たちへと呟《つぶや》いた。

今の俺は絶対に負けないし負けられない。今まで知り合ってきた数多くのプレイヤーたちが、必死で道をこじ開けてくれたのだから。その事実が堪《たま》らなく嬉《うれ》しい。

ああ、ゆえに……！

「その礼として、最高のバトルをしてやらなくちゃなぁッ！　そうだろう、スキンヘッドーーーーッ！」

ついに眼前に迫る巨岩城。そこに向かって、俺は百三十本の爆撃武装を全て解放した！

全弾当たれば壊滅必至の飽和攻撃だ。赤黒い輝きを纏った爆刀や爆槍《ばくそう》が流星群のごとく降り注いでいく。

だが、しかし——！

「ったく、いきなり終わらせる気かよテメェはよォオオオオッ！」

次の瞬間、巨岩城が内側から大爆発を起こした。

そして飛び出す漆黒の光を放つ『手甲』。城内より射出されたソレはソニックブームを纏いながら、武装の群れを次々と爆砕していくのだった。

ってなんだそりゃ、ロケットパンチかよ!?

「威力もすごいが……いやそれよりも、ぶっ壊しちまって大丈夫なのかよ、城。むしろそっちに驚いてるんだが」

「ハハッ、こまけぇ事は気にすんなよ。どうせギルドコアはザンソードの野郎が守ってるからな」

土煙の向こうより響き渡る返答。

かくしてヤツは、足元に散らばった巨城の破片を砂糖菓子のように踏み砕きながら、俺の前へと姿を現したのだった。

「よぉユーリ。オメェをぶっ殺すためにあれこれ手段を尽くしたってのに、やっぱり生きてやがったかよ」

「よぉスキンヘッド。そう言うわりには顔がニヤけてんじゃねぇか」

お互いに軽口を言い合いながら、殺意と闘志をぶつけ合う。

戦う準備は向こうも万全のようだ。ゴキゴキと首を鳴らしながら近づいてくる。

さて、戦う前に気になるところがあるとすれば……ヤツの腕に嵌《は》められた手甲から、漆黒の光が放たれていることか。

あの手甲、先ほどぶっ飛んでいったはずだがどうなっているんだろうか？　どこか心当たりがあるような気もする。

「漆黒の光を放っていて……瞬時に戻すことが出来て……あっ、まさかっ!?」

「気付いたかよユーリ。そう、オレ様が選択したセカンドジョブは『サモナー』だ！　モンスターを宿している分、拳の威力も上がってるから気を付けろよォ!?」

ヤツが自身の手のひらに拳を叩《たた》きつけた瞬間、ズパァァァアアアアンッ！　という空気の破砕音が響き渡った。

なるほどな……先ほどのロケットパンチの正体は、近接職『パワーグラップラー』が持ってるっていう拳の威力を上げるジョブ特性と、憑依《ひょうい》モンスターによる破壊力の上乗せか。

そして手甲が遥《はる》か彼方《かなた》に飛んでいこうが、サモナーのアーツ『サモンリターン』によってすぐに手元に戻すことが出来ると。

コイツも面白い組み合わせを考えてきたようだが……よりにもよってサモナーかよ。

「おいおい……たしかお前、初めて会ったときにサモナーのことを馬鹿にしてなかったか？」

「ヘッ、あの日のオレ様はもういねぇよ。

……ユーリ、オメェと出会ってオレ様は意識を変えさせられた。どんなジョブやスキルの使い手だろうが舐《な》めることは一切なくなったし、なにより全力で戦う楽しさを知った」

拳を強く握り締め、スキンヘッドは俺へと構える。

「さぁ、やろうぜぇユーリ！　盛大に殺し合う楽しさを、観客どもにも教えてやろうやッ！」

「……ああ、そうだなスキンヘッド！　全力の戦いを、みんなに見せてやろう！」

互いを殺したいという想いが溢《あふ》れ出して止まらない……！

燃え滾る情熱が互いに限界へと達した瞬間、俺たちは同時に駆け出した――――！

「「うぉおおおおおおおおおーーーーーッ！」」

巨城の破片が舞い散る中で拳と拳をぶつけ合う。

残念ながら向こうがどれだけ破壊力を鍛えようが、俺にはスキル【神殺しの拳】が宿っている。それによってヤツの一撃は威力をなくし、さらにスキル【魔王の波動】によって吹き飛ばされるはずだが――、

「ッ……吹き飛ばされない……!?」

「ハハハハッ、残念だったなぁユーリィッ！　オレ様も獲得してきたんだよ、【神殺しの拳】ってヤツをよぉッ！」

「なんだと!?」

俺が驚愕《きようがく》した瞬間、下腹部に痛みが走った。

こちらが驚いた一瞬の意識の隙を突き、ヤツのもう一方の拳が俺の腹へとめり込んでいたのだ。

「ぐぅっ!?」

「さぁいくぜ~!?」

スキンヘッドが力強く大地を踏み締めるや、爆発するような衝撃が発生する――!

「アーツ発動、『絶招・通天砲』ォオオオオオオオオオオオーーーーッ!」

「がはァぁあああああああーーーッ!?」

まさにゼロ距離で砲撃を受けたかのような威力だった――!

腹の中をグチャグチャに破裂させられるような感覚を味わいながら、俺は何十メートルも吹き飛ばされていく。

スキル【執念】によって一撃死だけは避けるも、何度も何度も地面を跳ね回らされた。

そうして転がる俺に対し、スキンヘッドは信じられない速度で爆走してくる。

「さぁ、いくぜぇ『ポンヌダルク』! このままユーリをぶっ殺してやろうやぁーーーーーーッ!」

『ウレメシイワーーーーッ!』

スキンヘッドの言葉に応え、ヤツの履いている靴から漆黒の粒子が放たれる。

っ、あの野郎、俺と同じく靴にも憑依モンスターを宿してやがったか。

人のスタイルを躊躇《ちゆうちよ》なくパクりやがって……やっぱりお前は最高だよッ！

「負け、るかぁぁあああああっ！」

俺は地面を殴りつけ、スキル【神殺しの拳】の応用によって転がる衝撃を無理やり掻《か》き消した。

そして眼前まで迫ってきていたスキンヘッドを睨《にら》み付けると、新たなるスキルを発動させる！

「スキル発動【死の商人】！　俺のアイテムボックス二百枠を、全て武装へとコンバージョンッ！

そして、【武装結界】フル発動ーーーーッ！」

「なにィイッ!?」

次の瞬間、俺の周囲より合計二百の武装が全て射出される！

咄嗟《とつさ》に拳のラッシュを放つスキンヘッド。ほぼゼロ距離で放たれた剣や槍《やり》を次々と叩き落としていくが、文字通り手が足りなかった。武器の雨に打たれて次々と全身を切り刻まれていく。

さらに俺も拳を構えると、武装を放ちながら拳撃の連打を叩き込む！

「ラッシュ力の足りなさはこれでカバーだ！　さぁ、ぶっ殺してやるぜ近接職ッ！」

「クソがぁっ、テメェみてぇな弓使いがいるかよぉおおおーーーッ！」

愚痴りながらもさらにスキンヘッドの拳撃速度は上昇していった。

たしかこの野郎、ＨＰが減れば減るほどパワーやスピードが上がるようなスキルをたっぷり搭載してるんだったか。

さらに恐るべきは、そうして人外化していくアバターを操りきるほどの運動神経だろう。

俺の拳やゼロ距離で放たれ続ける武器の豪雨を正確に叩き落としていき、スピードが上昇するたびに被弾率は瞬く間に減っていった。

ああ、それでこそだぜぇスキンヘッドーーー！

「「死ねやダチ公ォオオオッ！」」

互いに犬歯を剝《む》き出しにしながら、全力のラッシュをぶつけ合う。

そうしてついに、お互いの顔面に拳が突き刺さりそうになった――その時、

「アーツ発動、『飛燕《ひえん》斬』ッ！」

「「ッ!?」」

迫りくる攻撃を感じ取った俺たちは、アイコンタクトさえも交わすことなく意思の疎通を完了させる。

互いの顔面に向いていた拳を逸《そ》らし、飛んできた真空波へと同時に叩きつけた。

——それを放った下手人に対し、スキンヘッドは恐ろしい表情で吼《ほ》え叫ぶ。

「テメェ……オレ様とユーリの仲を邪魔するたぁどういうつもりだ!?　ザンソードォオオオッ！」

はたしてそこに立っていたのは、侍姿のトッププレイヤー・ザンソードだった。

スキンヘッド曰《いわ》くギルドコアを守る役目を任されていたようだが、これは一体どういうことだろうか？

注目する俺たちに対し、ザンソードはゆらりゆらりと近づいてくると……、

「あぁ——もう我慢できんッ！　もう役目など知ったことかッ！

ユーリと交えたあの夜の記憶が、拙者の身体《からだ》を高ぶらせるのだぁあああーーーッ！」

狂ったようにヤツは鞘《さや》を放り捨てた！　そうして俺へと刀を向けると、血走った目で疾走してくる！

「貴様こそどけよスキンヘッドッ！　そやつは、拙者の獲物《モノ》だぁあああーーーッ！」

「ンだとオラァアアアッ!?」

「えっ、え～……!?」

ヤツの言葉に激高するスキンヘッドと、「同盟組んでたんじゃないのかよ」と困惑するしかない俺。

かくしてここに、三《み》つ巴《どもえ》の戦いが幕を開けるのだった——！

# 第三十五話　三つ巴の決戦

「ユーリはオレ様の獲物《モノ》だぁッ！　邪魔すんなら殺すぞ！」

「えぇい黙れ！　そやつと闘《や》るのはこの拙者だァッ！」

次の瞬間、スキンヘッドとザンソードは刃と手甲をぶつけ合った！

ギィイイインッと響く金属音。さらに二人は止まることなく技を繰り出し、本気で命を狙い合う。

そんないきなりの展開に、実況役のチビ妖精・ナビィは大声を上げた。

『おぉーーーっと！　ユーリさんのことを巡って、二人の男が殺し合いをおっぱじめましたぁあああッ！』

ってアイツ、なんで困惑じゃなくて興奮してるんだよ……？　いきなり仲間同士で争い始めたっていうのに。

広場に集まった観客たちも『男同士の取り合いキターッ！』『いいぞぉやれー！』とハイテンションだ。

「……だけどまぁ」

高速で殺し合う男たちを見ながら俺は呟《つぶや》く。

戸惑いながらも、俺の胸にあるのは確かな喜びだった。

スキンヘッドは言うまでもなく最高のライバルだ。バトルロイヤルの時には頭が沸騰するような熱い戦いをしてくれて、今回は俺を倒すために何万人ものプレイヤーをぶつけてきてくれた。

ザンソードだって負けてない。いきなり現れた上に俺を差し置いて最強宣言してきた時には「なんだコイツ」と思ったが、技のキレは本物だった。レベルも上だし、たくさんの時間をかけて戦闘経験を積んできたのだろう。

「「うぉおおおおお――――――ッ！」」

そんな最高の男たちが、俺と闘《ヤ》るために殺し合っているのだ。これで嬉《うれ》しくないわけがない。

ゆえに、

「――俺を放置して、盛り上がってんじゃねぇぞコラ――――ッ！」

連中に向かって二百を超える武装の数々を叩き込んだ！

それに対して瞬時に反応する二人。彼らは共に絶技を繰り出し、剣や槍を次々と弾《はじ》いていく。

「くっ、そなたは引っ込んでいろ！　このツルッパゲ男を殺すまでなぁッ！」

「って誰がツルッパゲだこの廃人野郎ッ!?」

罵り合いながらも、俺に対して抗議の視線を飛ばしてくる男たち。

だが、一言言いたいのはこっちだっつの！

「人のことを好き勝手に『自分の獲物《モノ》』発言しやがって……。

いいかよく聞け野郎どもッ！　最後に勝つのはこの俺だ！　お前たちが、俺の獲物《モノ》になるんだよッッッ！」

「「ッ――!?」」

その言葉を放った瞬間、彼らの鼓動がドクンと跳ね上がるのを感じた。

スキンヘッドとザンソードは牙を剥き出すように笑うと、飛来し続ける武装を弾き飛ばしながら疾走してくる――！

「テメェ、言ってくれるじゃねぇかユーリッ！　一発ブチ込ませろやオラァッ！」

「フハハハハッ、囀《さえず》りおったなユーリよ！　我が刀で貫いてくれるわッ！」

上等だッ。俺は飛び掛かってくる二人に笑みを浮かべた。

最高の男たちがやり合っている姿をただ眺めているだけなんてもったいないだろう。前からでも後ろからでも構わない。さぁブチ込んでくれスキンヘッド。さぁ貫いてくれザンソード。こちらも全力で相手をしてやるから！

ああ、何万人ものプレイヤーたちが見ている熱狂のステージなんだ。三人一緒に楽しもうぜ！

「ルールは単純、生き残ったヤツが最強だ！——固有能力発動、【禁断召喚】！」

「グハハハハッ、単純でいいじゃねェかオイッ！——スキル発動、【鬼神化】！」

「フッ、やはり貴様は面白い女だ！——必殺アーツ発動、『アルティメット・ファイヤ・エンチャント』！」

次の瞬間、三者三様の輝きが戦場に満ち溢《あふ》れた。

俺の背後には漆黒の光を放つ召喚陣が現れ、闇の焔《ほのお》を纏《まと》ったキマイラモンスター『ジェノサイド・ファイヤーバード』が禍々《まがまが》しく羽ばたいた。

対するスキンヘッドは自身の肉体を変貌させる。額からは二本の角が生え、全身より灼《しゃく》熱《ねっ》の闘気を立ち昇らせた。以前の決戦でも使っていた、ステータスを大幅に上昇させる代わりに一分後に死亡するというスキルの効果だ。

そして最後にザンソード。こいつはセカンドジョブに選んだという『エンチャンター』のアーツを使い、全身を炎に包み込んだ。

その色は覚めるような青色だ。摂氏千度を超えることで変化する炎の完全燃焼状態……つまりはそれだけ強力ってことなのだろうが……、

「ん、ちょっと待てザンソード。たしか攻略サイトを覗《のぞ》いたときに書いてあったが、『ア

ルティメット・ファイヤ・エンチャント』って『エンチャンター』の上位職にならないと習得できないんじゃなかったか？

セカンドジョブで選べる職業って、初期のものだけなはずじゃ……」

「フハハッ、甘いなユーリよ！　75レベルに到達することで、セカンドジョブを進化させることが可能となるのだッ！

50レベルのときに貴様に負けてから数日……毎日二十時間も狩りを続けることで摑《つか》み取った、拙者の新たな力だーーーーッ！」

「って毎日二十時間!?　お前死ぬぞッ!?」

もはや働けというツッコミ以前に、命が危ぶまれるほどの廃人っぷりだ。

俺とスキンヘッドは揃《そろ》って顔をひくつかせた。この炎上ニート侍、大丈夫かよ……？

とんでもないバカ野郎を前にスキンヘッドが提案してくる。

「おいユーリ、この炎上ニート侍を集中攻撃しねぇか？　さっさとぶっ倒して強制的に休ませてやろうぜ……！」

「って誰が炎上ニート侍だッ!?　えぇい、何にせよ勝つは拙者だーッ！」

激怒するザンソードの反応に笑いつつ、俺たちは油断なく全員を狙い合う。

かくしてここに、三つ巴の最終決戦が始まった。

「いけ、ジェノサイド・ファイヤーバードッ！　命を散らしてやつらを殺せッ！」

『ピギャァアアアアアアアアアッ！』

俺の命令に応え、地獄鳥は死の特攻を開始する。

コイツの攻撃方法はただ一つ。魔力を暴走させて大爆発を起こすだけだ。

はたしてジェノサイド・ファイヤーバードは二人に向かって着弾し、回避不能の大爆発を巻き起こしたのだが――、

「オラオラオラオラオラァァーーーーッ！」

「無駄だぁーーーーッ！」

必殺の一撃も宿敵たちには効かなかった！

スキル【神殺しの拳】の宿った鉄拳のラッシュで爆風を消し飛ばすスキンヘッドと、火炎の中を真っ直《ま》ぐ《す》に突き進んでくるザンソード。

まだスキンヘッドのほうは予想できたが、ザンソードのほうはどうなってんだ!?

「っ――たしか書いてあったな、『アルティメット・ファイヤ・エンチャント』の効果は……！」

「応ともっ！　今や拙者はすべての攻撃に炎属性を帯びているだけではなく、炎攻撃を完全無効に出来るのだァッ！　死ねぇ、ユーリーーーッ！」

一足先にザンソードは切り込んできた！　俺は初心者の弓を盾のように構え、ヤツの刃を受け止める。

だが炎の魔人と化したザンソードの熱は、ジリジリと俺の肌を焦がしていった――!

・『アルティメット・ファイヤ・エンチャント』による効果発動!
1メートル以内に存在するプレイヤー・モンスター全てに『灼熱地帯』と同等のダメージを発生させます。最大HPより毎秒1%のダメージ発生!

スキル【執念】発動! 致命傷よりHP1で生存!

スキル【執念】発動! 致命傷よりHP1で生存!

スキル【執念】発動! 致命傷よりHP1で生存!


「ってマジかよコイツッ!?」

ただ近づいてるだけでダメージが発生するとか、HP1の俺にとっては鬼門すぎるだろ!?

さらにこちらは筋力値ゼロだ。それでも最低限、リアルの人間くらいの力は確保されているが、レベルを上げまくって超人と化したザンソードからすれば赤子同然。俺は瞬く間に抑え込まれていった。

ヤツは鼻先が当たるほどに顔を近づけてくると、苦しむ俺に言い放つ。

「さぁ、拙者のことを見るがいいユーリッ！　どんなゲームでもトップに立ち続けてきた拙者に、初めて屈辱を味わわせた者よ！

貴様の宿敵はこの拙者だ！　スキンヘッドなどもう見るな、拙者だけを意識して殺されろォオオオッ！」

「くそっ……！」

真正面からやり合える相手ではない。悪いがザンソード、少しズルをさせてもらうぞ！

「スキル、【武装結界】ッ！」

俺は抑え込まれながらも、必殺のスキルを発動させた。

その瞬間、ザンソードの足元から召喚陣が発生する――！

「なっ、これは!?」

察したようだがもう遅い。そう、【武装結界】は自分の周囲に武器を召喚するスキルだ。

つまりは自身の近くであれば、文字通り敵の足元を掬《すく》う使い方だって出来るんだよ！

「串刺しになりやがれーーーッ！」

そして炸裂《さくれつ》する無数の剣山。ザンソードの足元から射出されたそれらはヤツの身体《からだ》をズタズタに貫いていき、一気に宙へと吹き飛ばした。

「ぐぉおおおおおーーーーッ!?」

絶叫を上げながら空に消えていくザンソード。あれでも十分死にそうだが、油断なんてするものか。

俺はひさびさに弓矢を構えると、舞い上がっていくザンソードに狙いを定めた。

「これで終わりにしてやるッ！」

そうして弦から指を離そうとした時だ。背後よりダンッ！　という音が響いたところで、俺はようやく気が付いた。

もう一人の宿敵、スキンヘッドが拳撃の構えを取っていたのだ――――！

「ッ、スキンヘッド!?」

「よぉユーリ……オレ様以外の男と盛り上がりやがって……！　オレ様だけを、意識しやがれーーーーッ！」

咄嗟《とっさ》に振り向いたがもう遅い。鬼の鉄拳が俺の胸部に炸裂し、そのまま何十メートルも吹き飛ばされたのだった――――！

# 第三十六話　死闘、決着。そして——。

「——がはッ、げほッ!?」

スキンヘッドに殴り飛ばされた俺は何度も地面を跳ねさせられた。

超強化スキル【鬼神化】を発動させたヤツの筋力値は異次元だ。

感覚的なダメージ自体は痛覚制限機能によって最低限に抑えられているものの、衝撃と振動が俺の意識をかく乱し続ける。まるで洗濯機で回されたまま音速で転がされているような気分だ。

ああ、激闘に慣れていなければ失神してしまいそうになるほどの一撃だったが——それであの男が満足するわけがない。

「へばってんじゃねぇぞユーリィィッ！」

スキンヘッドは大地が爆散するほどに踏み込むと、一瞬にして吹き飛ぶ俺の背後へと回った！

「オラァッ、天の果てまで逝きやがれぇぇえッ！」

そして下から迸《ほとばし》る衝撃。スキンヘッドは丸太のように太い腕で、俺を力強く突き上げたのだ——！

もはや好き放題の扱いだった。今度は上に向かって吹き飛ばされ、俺は瞬く間に上空何十メートルもの地点に到達する。

超高速で横から縦へと強引に振られ、意識はもう限界だった。

「なるほど、な……っ！」

白くなりゆく視界の中、目の前に『警告：意識レベル急低下中。ただちに回復の見込みがない場合は身体に異常が起こっていると判断し、強制ログアウトさせます。ログアウト処理まで、10……9……8……』と数を刻んでいくシステムメッセージが現れた。

それを見て俺は気付く。これがスキンヘッドの編み出した強引すぎる勝利法なのだと――！

「ガハハハハハハハッ！　さぁ、オレ様の手で滅茶苦茶《めちゃくちゃ》になってくれやユーリィイイイッ！

テメェに負けたあの日から、オレ様はテメェに夢中なんだよッ！　どうしようもないほどドロドロ溜《た》まった情熱を、テメェに全部ぶち込ませろやァアアアアーーーーッ！」

狂笑を上げるスキンヘッド。ヤツは地震が起こるほどの震脚によって地面を爆散させると、空中に浮かんだ破片を足場にして俺に向かって接近してきた――！

もはや意味がわからない。何でもありなVR空間だろうが身体を操るのは人間だ。運動感覚自体は現実と変わらない以上、そう簡単に漫画のような動きが出来て堪《たま》るか。

それを可能としているのはまさしく、ヤツの勝利への執念に他ならなかった。

「ユーリィッ、テメェこそオレ様の運命の宿敵《あいて》だッ！

気も合えば話も合うし、一緒にいれば心が安らぐ！　こんな出会いは初めてだっ！

あぁ、だからこそオレ様の手で死んでくれーーーッ！　身も心もオレ様にグッチャグチャに破壊されて、今度はテメェがオレ様に夢中になってくれやァアアッ！」

咆哮《ほうこう》を上げながら天を駆けるスキンヘッド。【鬼神化】の影響によって全身の筋肉を灼《しゃく》熱《ねつ》化させていることもあり、その姿は狂気的だった。

そう、コイツの勝利に懸ける情熱は異常な領域に達していた。

俺一人を追い詰めるためにいくつものギルドを説き伏せたことはもちろん、食いしばりスキル【執念】と幸運値極振りによって限りなく死にづらい俺を倒すために、意識を断絶させることを狙うという発想がおかしい。

きっとアイツは俺の下まで到達したが最後、こちらが完全に気絶するまで上に下にと殴り飛ばし続けることだろう。三半規管がぶっ壊れるくらいに何度も何度も。

ああ、そんな恐ろしすぎるほどの情熱を燃やす男を前に──俺の胸は、熱く熱く昂《たかぶ》った！

「ハッ、やってみろやスキンヘッドォオオオーーーッ！」

リアルの身体に異常が出ても構わないくらいにぶっ倒したいとか最高すぎるだろう！

いろんなモンスターやプレイヤーと戦ってきたが、ここまで本気で勝ちに来た野郎は初めてだッ！

スキンヘッドの闘志を受けて俺の意識は一気に覚醒。強制ログアウトまで残り1秒のところで復活し、ヤツを真っ直ぐに睨《にら》みつける。

「チッ、目ぇ覚ましやがったか。このままテメェを好き放題してやろうと思ってたのによぉ！」

「寝たまま負けて堪るかこの野郎ッ！　さぁ覚悟しろ、今度は俺がお前を逝かせてやらァッ！」

吼《ほ》え叫びながら俺たちは空中で拳をぶつけ合った！

そうして弾《はじ》かれ合うのと同時に、お互いがお互いを抹殺すべく行動を開始する。

「スキル発動、【武装結界】！」

俺の周囲に展開される無数の武装召喚陣。そこから覗《のぞ》く剣や槍《やり》がスキンヘッドを捉えるのと同時に、俺は漆黒の矢を構えた。ここで完全に終わらせるためにな。

対してスキンヘッドはニッと笑うと、漆黒の手甲を纏《まと》った拳を深く深く俺へと構える。

「アーツ発動、『パワーバースト』『パワーバースト』『パワーバースト』……ッ！　さぁポンザベート、最後に目にもの見せてやろうぜぇ！」

『キシャシャ～！』

ヤツが選んだセカンドジョブ『サモナー』による強化系アーツを受け、手甲に宿ったシャドウ・ウェポン（たぶんメス）が最大まで力を高める。おそらくは最初に使ってきたロケットパンチをやるつもりだろう。

ったくなんて野郎だ……。スキル【鬼神化】による強制死亡が迫る中、なんとスキンヘッドはサモナー対決を挑んできやがった。

ああ……本当に本当に、お前は最高の男だよ。

「大好きだぜ、スキンヘッド。お前に会えて本当によかった」

「あぁ、オレ様もだぜぇユーリ。だから最後は……！」

「盛大に……！」

「「ブチかまそうやァアアアアッーーーーー！！！」」

咆哮と共に、俺たちは技を放ち合った——！

先駆ける漆黒の矢を筆頭に、百を超える爆撃武装と宝剣や魔槍《まそう》の群れをヤツへとぶつける。

対してスキンヘッドは空気が爆発するほどの勢いと共に、漆黒に輝く手甲を放った——！

武装の軍勢と究極の一撃がぶつかり合い、俺たちの間で大爆発が巻き起こる！

その爆風によって二人仲良く吹き飛ばされ合うが、この程度で怯《ひる》むかーーーーッ！

「「死ねよ宿敵《ライバル》ッ！　勝つのは俺《オレ》だーーーーーッ！」」

最後の最後で俺たちが取った行動はまったく同じモノだった。

空中を舞い散る武器を足場とし、拳を構えて弾丸のごとく飛び掛かる――！

もはや戦術も戦略も隠し玉も一切ない。俺たちの中にあるのは、熱い男の意地だけだっ！！！

「「うおおおおおおおーーーーーーーーッッッ！」」

ああ、コイツにだけは勝ちたい！　コイツにだけは負けたくない！　誰よりも男らしい親友《コイツ》にだけは、最期まで男を貫きたいッ！

そんな想《おも》いを胸に燃やし、ついに訪れた交差の時――！

「――俺の、勝ちだァ！」

ヤツの剛腕を掻《か》い潜《くぐ》り、俺の拳が見事に顔面を捉えたのだった……！

「あぁ――……負けたぜ親友、テメェの勝ちだよ」

殴られた鼻を赤くしながら、地上に向かって堕《お》ちていくスキンヘッド。

もはや、勝っても負けても時間がなかったのだろう。地面に叩《たた》き付けられるよりも先に、【鬼神化】による死亡デメリットによってヤツの身体《からだ》が消え去った瞬間――観客たちの大歓声が響き渡る。

『熱かったぜぇ、ユーリちゃんッ！』

『スキンヘッドもすごかったぞーーーー！』

『今度はオレたちも挑んでやらーーーーっ！』

俺と親友を称《たた》える声が花びらのように降り注ぐ。

かくしてダチとの二度目の死闘は、俺の勝利によって幕を閉じたのだった——！

# 第三十七話　暗闘の果てに

「ふぅー。どうにか勝てたな……」

スキンヘッドとの死闘を終えた後、俺はボロボロになった草原に着地した。

さて、あいつを倒したからにはもう邪魔するヤツはいないだろう。さっさとギルドコアをぶっ壊して完全勝利するとしますか。アレがある限りは死んだプレイヤーは復活する設定だったからな。

「……あぁ、その前に」

上空から感じた気配に俺は軽く飛び退《の》いた。すると次の瞬間、ドォオオンッ！　という音を立てて燃え盛るザンソードが剣を突き立ててきたのだった。

つい一瞬前まで俺が立っていた場所は、ヤツの蒼炎《そうえん》に炙《あぶ》られて灰となる。

「よぉザンソード、しぶとく生きてやがったか。

その『アルティメット・ファイヤ・エンチャント』って技、強力だけど奇襲にはまるで不向きだな。熱と光で丸わかりだぞ」

「はぁ、はぁッ、だまれぇ……！」

こちらを睨んでくるザンソードだが、その姿はまさに半死半生といったところだった。

剣や槍に貫かれたことで全身穴だらけの血塗《ちまみ》れだ。結い上げていた侍らしい髪形も乱れ、もはや落ち武者のようになっていた。

だが、男として油断は一切しない。瞬時にスキル【武装結界】を発動させてヤツを取り囲むように召喚陣を出す。

さて、これで今度こそ詰みなはずだが――、

「ふっ……ふはははは っ……！」

……どういうわけかザンソードは笑い始めた。それも自暴自棄になったという感じではなく、勝利を確信したかのような笑みで。

「なんだ、まだ隠し玉があるのか？」

「いやいや……拙者にはもうござらんよ。吐きそうになるほど悔しいが、最強プレイヤーの座を懸けた決戦は貴様の勝利だ。

だがユーリよ、『ギルド戦』においては拙者たちの勝利だッ！」

そう言ってヤツはメニューを開くと、何らかの項目を操作して一つの映像を表示させた。

そこには――俺のギルドの中心部である城の中を走り抜ける、一人の少女が映っていた。

獣の皮を纏ったような恰好《かっこう》の彼女は、城内の壁や床から突き出してくる『憑依《ひょうい》モンスター・クトゥルフ』の触手を次々と掻い潜っていく。

「ッ、これは……！」

「ソロプレイばかりしている貴様は知らないだろうが、パーティを組んだプレイヤーの周辺映像を映し出す機能があるのだ。ダンジョンに潜る際には機動力の高い仲間を先立たせ、様子見させるといった具合にな。

……そしてこの女の名は『クルッテルオ』。縦横無尽な動きによって前回のバトルロイヤル大会でも優勝してみせた、隠密《おんみつ》プレイヤーのトップだ」

勝ち誇った顔で語るザンソード。

なるほど、三つ巴《みつどもえ》の決戦の裏でコイツのことを放っていたのか。これは一本取られたな。

俺が苦笑を浮かべる中、クルッテルオはついにギルドコアのある部屋へと到達した。

そこには装備職人のゴスロリ少女・グリムが護衛役として立っているのだが、まぁ勝ち目はないだろう。

だってアイツ、戦闘経験まったくないからな……。

涙目になりながら小さな両手を必死に広げてコアを守ろうとしているが、ただ可愛《かわい》いだけだ。癒されるだけで意味はない。

そんな窮地を見ているしかない俺に、ザンソードは忍び笑う。

「ふっふっふ……本当は隠密プレイヤーを百人ほど送ったというのに、そのほとんどがモンスターの群れや城から生えた謎の触手に嬲《なぶ》り殺された時はどうしようかと思ったが……まぁクルッテルオ一人だけでも辿《たど》り着いたからヨシっ！　どうだユーリよ、見事に策に嵌《はま》った気分は!?　ぐうの音も出ないだろう!?」

ぐう。

「そして急いで拙者を殺してギルドコアを破壊したとしても意味はないぞ。なぜならクルッテルオは別のギルドに登録してあるからなぁ！　ヌハハッ、ぎゃふんと言ってみろ！」

ぎゃふん。

「さらに貴様の仲間、シルとＮＰＣの集団もヤリーオが地味に足止めしておる！　完全に詰みよォオオーーーー！」

ぬはぬはと笑うザンソード。おそらくはスキンヘッドも知らないうちにコツコツと計画を練っていたのだろう。

スキンヘッドとは目を合わせただけで何もかもが伝わり合うからわかるが、最後まで全力で必死だったからな。裏で保険の策を講じていたら、多少なりとも戦いに甘さが出るはずだ。

……ああ、だからか。

「本当に策士だな、ザンソード。あえてスキンヘッドには策を伝えず全力で戦わせることで、俺に悟られないようにしたってわけか。完全にやられたよ」

「ふははっ、よくわかったな。敵を騙《だま》すにはまず味方からというわけだ！　さぁユーリよ、ギルドコアが破壊されれば貴様は消える。何か最後に言うことはあるか？」

「そうだなぁ……」

言うべきことなんて一つだろう。

俺は拳を握り固めると、勝ち誇ったヤツの顔面を全力で殴り抜いた――！

「ペラペラとうっさいんじゃゃオラァァアアッ！」

「ぬがぁっ!?」

そして高らかに言い放つッ！

「勝った気でいるんじゃねーよザンソード。勝つのは俺たち『ギルド・オブ・ユーリ』だ！　俺の仲間を、あまり舐《な》めるなよ……！」

「ぐぅ……な、なにを――ハッ!?」

痛みに呻《うめ》くザンソードだが、ヤツは自身が表示した映像を見て一瞬で顔付きを凍り付かせた。

それもそのはずだろう。クルッテルオというプレイヤーは見事にギルドコアを破壊したのに……なぜか俺もグリムも、まったく消える様子がないのだから。

◆

◇

◆

「おぅおぅおぅおぅっ！」

――あちこちから生えてくる触手を掻い潜りながら、クルッテルオは高笑いを上げた。

彼女の目の前には巨大な扉が。

ああ、『ギルド・オブ・ユーリ』の本拠地は本当に恐ろしいところだった。

手下たちと共に街に入るや、何千体ものモンスターが一斉に襲い掛かってきて隠密部隊は見事に半壊。

さらには地面などから触手が生えてきて、次々に仲間たちを絞め殺していったのだ。ここは地獄かとクルッテルオは何度も絶望しかけた。

五歳の時まで獣に育てられたせいで人語がほとんど話せない――という頭のおかしいキャラをロールして自己満足に喜んでいる彼女であるが、こんな拠点を構築したユーリはナチュラルに頭がおかしいヤツだと強く確信する。

ここまで本当に困難を極めた。仲間は誰一人残っていないし、自身も傷だらけで死にそうだ。

だがしかし――壁や天井も走り抜けることが出来るジョブ『ビーストライザー』の能力を全力で発揮し、ついにクルッテルオは奥地まで辿り着いたのだった。

視界の端に表示された簡易地図を見る。するとそこには間違いなく、ギルドコアの存在を示すマークが。

「おぅーーーっ！」

ああ、コアはここにある！　さっさと破壊して勝利しよう！　最強プレイヤー・ユーリを倒すのは、この私だ！

そんな思いと共にクルッテルオは勢いよく扉を蹴破った。そうして転がり込むと、部屋の中央には黒々と光るギルドコアが。

「くっ……やらせんぞ……ギルドコアは私が守るっ！」

「おぅ～」

コアの前には何やらちんまい金髪ロリが立っていたが、脅威にはならないとクルッテルオは判断する。

名前はたしかグリムだったか。すでに彼女の存在は事前調査によって割れている。

ユーリがスカウトしてきた職人プレイヤーだということも……そして、ベテラン職人のフランソワーズなどとは違って戦闘能力がまったくないということも。

ゆえに他愛なし。クルッテルオは獣のような四足歩行で部屋中を弾《はじ》けるように飛び回ると、困惑しているグリムの横っ面に飛び蹴りを叩《たた》き込んだのだった――！

「うわぁーっ!?」

吹き飛ばされて壁に衝突するグリム。

まさに勝負は一瞬だった。アイテム作成による経験値の獲得でそこそこレベルアップしていたのか、まだグリムは生きているようだが放置する。

立ち止まっていたらたちまち足元から触手が生えてきてやられてしまう以上、雑魚に構うのは下策だろう。

それに何より、ギルドコアはもう目の前にあるのだから！　これを破壊すれば『ギルド・オブ・ユーリ』は壊滅だ――！

「おぅーーーーーっ！」

勝ったッ！　今回のイベント、最後に勝つのはこのクルッテルオだ！

そんな思いと共に、彼女は全力の蹴りをギルドコアに叩き込んだ――！

そして、

「おうぅ～～～～～っ！」

見事に砕け散るギルドコア――！

光の粒子が桜吹雪のように舞い散り、勝利を称《たた》えているがごとくクルッテルオを包み込んだ！

「おぅ～……！」

ああ、やった……これで私がＭＶＰだ！

そんな風に、彼女が最高の気分で光の粒子を浴びていた――次の瞬間、

『――ギシャアアアアーーーーーーーーーーッ！』

「おぅうううっ!?」

絶頂状態のクルッテルオに極太の触手が絡みつく！

それは間違いなく、この街全体に憑依した特殊モンスター『クトゥルフ・レプリカ』によるものだった。

ああ、なぜ!? どうして!? ギルドコアを破壊したのになぜギルドは消え去らないのかとクルッテルオは混乱する。

――そうして慌てふためく彼女に、雑魚と切り捨てたグリムが近づく。

「すまんなぁ刺客よ。……貴様が破壊したのは、私が作った偽物のコアだよ」

「おっ……なっ、偽物ですってぇ……ッ!?」

突如放たれた衝撃的な一言に、安いキャラロールが吹き飛んでしまう。

そんなクルッテルオに、グリムはニヤリと笑って言葉を続けた。

「あぁそうとも。視界の端にあるミニマップを頼りにギルドコアを探したのだろうが、それは所詮『簡易表示』だ。

本物のギルドコアは――ここだぁっ！」

グリムは巨大なハンマーを顕現させると、横の壁を全力で叩いた。

すると……崩壊した壁から覗《のぞ》いた『真横の部屋』に、今度こそ本物のギルドコアが存在していたのだった。

「え、えぇ～～～……!?」

つまりクルッテルオは、職人グリムによって見事に嵌《は》められたわけである。

素材さえあればインテリアも作れるという『クラフトメイカー』のアイテム作成能力

……そこから繰り出されたあまりにも悪辣すぎる罠《わな》に、もはや絶句するしかなかった。

「な、なにそれ～～～～～……！」

「騙されるのも仕方あるまい。もしも貴様が冷静にマップを見ていたら偽物のコアと本物のコアのわずかな座標のズレに気付いたかもしれないが、そんな暇を与えないためにクーちゃんには頑張ってもらったからなぁ。なーっ？」

『クェーーーーっ！』

親しげに話しかけるグリムに応え、城全体が鳴き声を上げた。

ああ、これで策謀合戦は終了だ。完全に策に嵌められて捕らえられた暗殺者の末路など、一つだけだろう。

グリムは笑いながらハンマーを振り上げると、最後にクルッテルオに言い放つ。

「我が名はグリム、魔王ユーリに選ばれた職人プレイヤーなりッ！

そんな私を……舐めるなよこのケモノ女がーーーーーーーーーッ！」

「おぅうううううううッ!?」

ゴガァーーーーーンッ！　と振り下ろされたハンマーはクルッテルオの頭を砕き、彼女のＨＰを一撃で吹き飛ばした。

「（ああ……職人って怖い……！）」

クルッテルオは死に際、心からそう思いながら消え去ったのだった……！

◆◇◆

――スキンヘッドが激闘の果てに散り、クルッテルオが奇策によって敗北する中、自称勇者であるヤリーオの戦いは続いていた。

「そぉら正義の槍《やり》で貫かれろぉーーーーーっ！」

「くぅうぅっ!?」

自慢の槍さばきによって大剣使いの少女を追い詰めていく。

彼が相手にしたのは、シルという元ＰＫの悪人だった。

司令官であるザンソード曰《いわ》く、『集団で弱者を甚振《いたぶ》るプレイスタイルが祟《たた》ったせいで、トップ勢に比べたらレベルも腕前も一歩劣る』とのことだ。

弱くもないが飛びぬけて強いわけでもない。そんな相手にヤリーオは負けるわけがないと信じていた。

「（オレは常に、最善手を選べる人間だ。このまま順当に詰ませてやるッ！）」

ヤリーオの戦術に好きや遊びなどは存在しない。

酒もタバコも女もやらず、どんな誘惑にも惑わされずにコツコツ頑張る――そんなよく言えば真面目・悪く言えば地味な人間性が、ヤリーオにとって最強の武器と化していた。

「（現実では地味なオレだけど、この世界では勇者なんだ！）」

攻めすぎず、守りすぎず、ただ着実に『勝利』を摑《つか》むために槍を振るっていくヤリーオ。

間違っても、弓使いなのに拳での戦いが大好きだったり追い込まれたらシステムの穴を突いてくる銀髪巨乳トンチキ野郎とはわけが違う。

「（そう――堅実ゆえに弱点はあらず！）」

そんなヤリーオが総合的戦闘力で劣るシルに負けるわけがない。

大量の（なぜかモヒカンの）ＮＰＣ軍団を引き連れていたようだが、それだってすぐに駆け付けた味方のプレイヤーたちに相手をさせた。

さぁ、そろそろおしまいだ。シルとは完全な一対一に持ち込んでやった。振るってくる大剣も冷静に軌道を読んで避けていき、徐々にＨＰを削っていく。

「すまないが不良少女よ、我が勇者道を飾るために散る華となってもらおう！」

あまり女性は倒したくないが、魔王と呼ばれるプレイヤーの配下ならば問題ない。むしろ勇者ロールをしている者として心が躍るシチュエーションじゃないか。

内心でそうほくそ笑みながら、ヤリーオが決着を付けようとした——その刹那、

「はぁ……こうなったらもうしょうがないか。悪いわねぇ手下ども、ちょっと殺すわ」

そう言って彼女は、近くでプレイヤーと鍔《つば》ぜり合っていたモヒカンNPCの背中に、大剣を突き刺したのだった——！

「な、なんだとっ!?」

突然の行動にヤリーオは驚く。

「なっ、なんのつもりだ!?　狂ったか!?」

そう困惑する彼だが、ともかくこれはチャンスだと武器を構える。

狙い澄ますのは一瞬の隙だ。

攻撃のために大剣を振るった以上、盾として引き戻すためには数瞬の時間がかかる。それまでに槍を叩き込めば勝利だ！

「死ねぇ悪党めッ！　槍撃《そうげき》系アーツ発動ッ、『ソニックスピア』！」

そして放たれる高速の突き。

今までのシルの挙動速度から防御は間に合わないと確信し、これで今度こそ終わりだとヤリーオは笑った。

だが、しかし。

「おっと、危ない危ないっと」

「なにぃッ!?」

ガギィイイインッという甲高い音が響き渡る——！

なぜかシルの挙動速度が上がっており、不可能だったはずの防御を間に合わせてみせたのだ……！

　さらに、

「アンタって地味な顔して強いわよねぇ。——だからもう、まともな戦い方はやめるわぁッ！」

　シルはヤリーオから飛び退《の》くと、そのまま踊るように大剣を振るって周囲の者たちを一切合切斬り飛ばし始めたのだった！

　これにはプレイヤーたちも混乱する。なんと彼女は、味方のモヒカンＮＰＣごと大虐殺をおっぱじめたのだから——！

「なっ、なにがっ!?」

「うわーーーーっ!?」

「コッ、コイツ味方ごと斬りやがった!?」

一瞬にして戦場は悲鳴と鮮血で溢《あふ》れていった。

多くの者がモヒカンNPCたちと組み合っていたため、シルの突然の凶行に対処など出来るわけがない。首や手足や胴体が花吹雪のように散乱し、地獄が作り上げられていく。

さらにはNPCたちまでもが異様だった。

彼らはリーダーが暴れ始めたというのにニィッと笑みを深めると、プレイヤーたちの身を押さえて叫び始めたのだ……!

「さぁシルの姐《あね》さんッ、盛大にぶっ殺してくれや――――ッ!」

「オレも続くぜ戦友ッ!」

「敵ごとズパッと斬ってくだせ――っ!」

NPCたちの声に応え、シルは次々と大虐殺を続けていく……!

もう何もかもが滅茶苦茶《めちゃくちゃ》だ。彼女は敵味方問わず斬っていくどころか、むしろ味方のNPCを優先して斬っている節すらあった。

「アハハハハハッ! あぁ――――――――やっぱりコレよコレッ! 殺戮《さつりく》最高ーッ!」

「な……なんという……」

彼女の狂乱を前にヤリーオは顔を青くして震え上がった。

それは他のプレイヤーたちも同じだ。「殺せ殺せ」と興奮しながら叫ぶNPCたちと、爆笑しながら淫らな衣装を真っ赤な血潮で染めていくシルの姿……その完全に常軌を逸した光景に、多くの者が恐怖に固まり散っていく。

「(ダメだ、このままでは雰囲気に吞《の》まれる。まさかシルという少女はそれを狙っているのか!?)」

そう判断したヤリーオは、半ば焦ったように駆け出した。

とにかく殺す。今すぐ殺す。つねに最善手を選ぶことの出来る勝負勘が、一刻も早く彼女を止めろと叫び続ける。

「アーツ発動、『隠密行動《おんみつ》』！　『攻撃強化』！　『ブレイブ・ストライク』――ッ！」

腹をくくったヤリーオは、万能型ジョブ『ブレイブランサー』の技を一気に発動させた。

存在感を希薄にする補助アーツに数秒だけ筋力を上げる強化アーツ、さらに強力な突きを放つ攻撃系アーツの組み合わせにより、狂乱しているシルを一撃で殺すつもりだ。

「これで、終わりだーーーーッ！」

瞬く間に距離を詰め、シルの背に槍を叩《たた》き込もうとした――その時。

「あぁーチマチマやるのも面倒ねぇ！　一切合切、吹き飛びなぁあああああーーーーッ！」

次の瞬間、シルが地面へと大剣を叩き付けたのだ。

――そして終わりは訪れた。まるで巨大隕石《いんせき》でも墜《お》ちたかのように、地面が爆散して『土の大津波』が発生したのである――！

「はっ、はぁあああぁーーーーーーーーー!?」

これにはヤリーオも対処不能だった。他の多くのプレイヤーたちと共に弾《はじ》ける土石に吹き飛ばされ、高々と宙を舞っていく。

そうしてゴミのように消し飛ぶ中で彼は気付いた。

他の存在を殺すことで速度が上昇し、周囲のほとんどを殺し尽くした果てにまるで意味のわからない威力の斬撃を可能としたということは……つまり、

「さッ……殺害行為によるステータスアップだとぉッ!?」

「大正解っと!」

顔を引きつらせるヤリーオの前に彼女は現れた。

なんとシルは大剣を放り投げるとそれに飛び乗って彼の前までやってきたのだ。強化に強化を重ねたステータスが、意味のわからない挙動を実現させていた。

「ウチのギルドのロリ職人が頭おかしくてねぇ！ 殺せば殺すほどステータスが瞬間的に強化されるやばい装備を作り出したのよ！ しかもコレッ、味方を斬っても効果が発動するのよねーっ！」

「なっ……！」

何度目かの絶句を強いられるヤリーオ。

空中で身動きを取ることも出来ず、もはやドン引きするしかない。

「な、何だその装備はっ！　作った者に人の心はないのか⁉」

「あはっ、そりゃぁ魔王様の連れてきた女だからねぇ。『血まみれの女殺人鬼ってカッコいい』とか言って、ノリノリで作ってたわよ」

アイツ絶対に道徳の成績０点だわ～と他人事《ひとごと》のように語るシル。だがヤリーオからすれば、味方すら平気で斬ってしまえる彼女も狂人にしか見えない。

そして、その判断は何も間違ってはいなかった。

かくして青ざめるヤリーオに対し、シルは空中を舞っていたモヒカンＮＰＣの頭部を掴み、ニィイイッと笑みを深めたのだ。

「名付けて、『連続殺人特化型武装』ってところかしら。道徳的には落第点の装備だけど――プレイヤーキラーのアタシ的には百点満点だわァアアアアアアー！－－ッ！」

「ひぃっ⁉」

「つーわけで死になさいよ地味顔勇者！　アタシが気持ち良くなるためだけに、派手に爆散しろやオラァアアアアアアアーーーーーーッ！」

真下にいるヤリーオに向かい、シルは超絶強化されたステータスのままにモヒカン頭を投げつけた！

それはまさしく終焉《しゅうえん》の一撃だった。一瞬にして光速に近づいたモヒカン頭は空気抵抗の中で溶け果ててエネルギーだけが残り、摂氏数千度の灼熱《しゃくねつ》のレーザーと化したのである

――！

「うぎゃあああああああああああああああーーーーーーーーッ!?」

それを受けたヤリーオは絶叫を上げながら絶命した。

彼にどれだけプレイングスキルがあろうが、最善手を選び続けられるような勝負勘があろうが、道徳心と味方を犠牲にして極限まで上げまくったステータスの前には何の意味もない。

そんな、どこまでも暴力的なシルのプレイスタイルを前に、ヤリーオは塵《ちり》となって消えていく。

「(ああ……もう地味だと言われても構わない。だから勇者ロールなんてやめて、二度と魔王ユーリの一味には関わらないようにしよう……！)」

最後に彼は、心に強くそう誓ったのだった……！

◆◇◆

「――馬鹿な。トッププレイヤーであるクルッテルオが……ザンソードが……あんな少女たちに負けるだと……!?」

総大将・ザンソードの目の前に表示された『パーティーメンバーが全滅しました』というメッセージ。

それを前に、彼は呆然《ぼうぜん》と崩れ落ちた。

「どうだザンソード、素敵な仲間たちだろう?」

「っ……!」

そして迎える、決着の時。

戦意を失《な》くした総大将へと、『魔王ユーリ』はゆっくりと近づき……、

「これが『ギルド・オブ・ユーリ』だ。地獄に落ちても忘れるな――ッ!」

――かくしてユーリは、【武装結界】により展開した無数の刃でザンソードを容赦なく抹殺。

そのままギルドコアを破壊し、長き戦いに決着を付けるのだった――!

# 第三十八話　みんな仲良し、ブレイドスキル・オンライン!!!!!

『――みなさまお疲れさまでしたーーー！　ギルドバトルイベント、第一回戦はこれにて終了でーーーすッ！』

イベント進行係を務めるチビ妖精・ナビィの声が響き渡る。

スキンヘッドやザンソードを倒してから数分後、俺は『始まりの街』へと帰還していた。

もちろん仲間のグリムやシルも一緒だ。

こいつらの活躍も映像として配信されていたようで、見物客たちから「グリムちゃんカッコよかったぞーッ！」「シルの姐さん、舎弟にしてくださいッ！」とチヤホヤされてドヤ顔していた。調子のいいヤツらめ～。

もちろん俺も多くのプレイヤーに褒められたり撫《な》でられたり握手を求められたりしてドヤ顔していると、ふよふよと浮いているナビィが大声を出した。

『ちょっとみなさま聞いてくださーいっ！　あぁもうっ、みんなこれ見よがしにユーリさんにボディタッチしない！　あとで殺されますよッ!?』

「殺さねーよ」

『えー、今回もどっかの誰かさんによる大虐殺が少々ありましたが、スキンヘッドさんやザンソードさんの頑張りで、見事な戦いを見ることが出来ましたね！

それでは最後に、もっとも長く生き残ったギルド・トップ3の順位と獲得ポイント数の発表をしますよ～！　ずばり、こんな感じでーす！』

1位：『ギルド・オブ・ユーリ』　壊滅までの時間：――（最終勝利者）　総獲得ポイント数：10万3282
2位：『生産職革命軍』　壊滅までの時間：イベント開始より48分　総獲得ポイント数：1万2285
3位：『みんなで殺そう！　初心者部隊！』　壊滅までの時間：イベント開始より45分　総獲得ポイント数：8756

「――うわぁ。魔王ユーリさんとこのギルド、ポイント数やばすぎだろ……」

「てか二位と三位マジかよ～……！」

「オレ今日から生産職になるわ！」

空中に表示された大会結果にプレイヤーたちからどよめきが起こった。

それもそうだろう。イベントの様子を見ていたとはいえ、まさか生産職の軍団と初心者軍団がトップ３に入るだなんて誰も予想してなかっただろうから。

いやー、最後は楽しかったなぁ。ザンソードの手中にあったギルドを全部壊滅させたあとは、『ギルド・オブ・ユーリ』三人揃《そろ》って『生産職革命軍』＋『みんなで殺そう！　初心者部隊！』と正面からの大決戦だ。あれはみんな盛り上がったな。

「よ～し、残り第二試合から第五試合まで全部出て一位を狙ってやるか……！」

そうして俺がやる気を燃やしていた時だった。

広場の中央に一瞬光が走ると、なぜかいつの間にか来ていた王様のジジイが姿を現したのだ。

あの王様……もとい運営の人間、イベント進行を投げ出してどこ行ってたんだよ？　よく見たら冷や汗をかいているような気がするが……？

俺と同じく多くのプレイヤーが注目する中、ジジイは気まずげに口を開いた。

『しょ、諸君ッ！　まことに見事な戦いぶりじゃったぞい！　運営として……じゃなくて王様として、イベントが盛り上がって嬉《うれ》しい限りじゃッ！』

あざーす。それでなんだよ?

『あー……ただのぉ。実は一部のプレイヤーが、倒した相手からアイテムを奪う取得難易度最難関のスキルに目覚めてじゃな……それがイベント終了後になくなったアイテムが戻る仕様と相まって、数の限られたアイテムが増え……あ、いや、その、バグとかじゃなくて、あの……!』

なにやらゴニョゴニョと呻《うめ》く運営のジジイ。もしかしたらイベント中に何か問題が起きたのだろうか?

そして、それに対処するなり協議するなりするために一度ログアウトしていたと。なるほどな〜。

「こいつらも色々苦労してんだなぁ……」

……ピンポイントで滅茶苦茶《めちゃくちゃ》に弱体化させられたり勝手に写真集を出されたことで運営を毛嫌いしている俺だが、いい加減に少しくらいは認めてやってもいいかもしれないな。

努力している相手には敬意を表する。それが立派な男ってもんだ。

よし、ちょうどいい機会だし俺の思いをぶつけてやろう!

『あ〜まぁ色々と事情があって申し訳ないが、まぁぶっちゃけるとユーリ殿には第二戦に出るのを禁止に――』

「運営ッッッ! いつも楽しいゲームを提供してくれてありがとう

なーーーーーーーッ！」

何か言おうとしていた運営に向かい、俺は全力で感謝の想《おも》いを告げたッ！

それに『えッ!?』と驚き固まる運営。そこにすかさずありがとうの気持ちを投げつけまくる――！

「色々不満もあったりするけど、俺はこの『ブレイドスキル・オンライン』が大好きだ！　このゲームを始めてから俺はたくさんの仲間たちと出会うことが出来たッ！

それもこれも運営のおかげだ。俺に居場所を与えてくれてありがとう、運営っ！！！」

『えちょっ、ユーリ殿ッ!?　いや、あの、今そんなこと言われるとすごく困ると言うかッ!?』

「どうした運営っ!?　恥ずかしいのか運営ッ!?」

『って違うわッツッ!?』

照れているのかワタワタと焦る運営。そんな彼に対し、いつの間にか俺の側《そば》に立っていたスキンヘッドが大声で叫ぶ。

「ガハハハッ！　オレ様からも礼を言うぜ運営っ！　オメェのおかげでオレ様は最高の相手と巡り会うことが出来た！　これからもユーリと一緒に騒げる舞台を用意してくれ

ゃー！」

『ス、スキンヘッドさんッ!?』

俺の肩を抱き寄せるスキンヘッド。そんな彼に続き、始まりの街に集まった何万人ものプレイヤーたちが感謝の大合唱を謳《うた》い上げる――！

「いつもありがとうございます運営さんっ！　魔王ユーリにリベンジしたいんで引き続きイベント頑張ってください！」

「『生産職弱すぎだろ、運営バランス考えてなくね？』って思っててごめんなさい！　実はちゃんと戦えるように作ってあったんですね！　流石《さすが》は運営様、かしこい！」

「とてもクォリティの高いゲームなのにバグが全然なくてすごいですね！　運営さん尊敬しちゃいます！　ユーリさんのギルドに挑んでみたくなったので次はボクも参戦します！」

ワーワーと騒ぐプレイヤーたち。彼らの温かな声に包まれ、感極まったのか運営は泣き始めてしまった。

彼はグズグズと目元をこすりながら『ぐごごごッ、まさかこんなことになるなんて……！』と呟《つぶや》くのだった。

フフフフ、みんなからいきなり感謝されちゃうなんてそりゃ予想外だよね。よかったね～！

俺はプレイヤーたちをかき分けて広場の中央に出ると、顔を真っ赤にした運営の手を無理やり握ってニッコリ微笑《ほほえ》む。

「さぁ運営っ、第二試合から第五試合までバグがないようしっかりサポートしてくれよな！

俺、頑張って暴れまくるからッ！　みんなも俺と戦うことを期待しまくってるみたいだし、意地でも全部のギルドバトルに出て暴れまくるから！！！」

『ひっ、ひいぃいいッ!?　わ、わかった、もうわかったからぁーーーーーッ！』

感動がピークに達したのか、ついに膝をついてしまう運営。

——こうして運営と仲良くなった俺は、最高にすっきりした気分で全試合暴れまくるのだった！　やったぜー！

・みんな仲良し、ブレイドスキル・オンライン——！（※なお運営は泣く模様）

**【ギルドバトル】総合雑談スレ　７３０【おつかれさまー！】**

**1. 駆け抜ける冒険者**

ここは総合雑談スレです。

ルールを守って自由に書き込みましょう。パーティ募集、愚痴、アンチ、晒しなどは専用スレでお願いします。

次スレは自動で立ちます。

前スレ：http://＊＊＊＊＊＊＊＊＊＊

**107. 駆け抜ける冒険者**

みんなお疲れさまでしたーーー！

いや〜今回も盛り上がったな〜！

**108. 駆け抜ける冒険者**

>>107

おつかれさーん！

最初の一回目は見事にユーリにやられたが、２回目や４回目はどうにか優勝を阻止できたな！

**109. 駆け抜ける冒険者**

>>108

全員で頑張ったから結局ユーリさんとこが優勝できたのは１回目と５回目だけだったな
いや、何万人ものプレイヤーから狙われて２回優勝してんのはおかしいんだがｗｗｗ

**130. 駆け抜ける冒険者**
>>109
シルちゃん率いる世紀末ＮＰＣ軍団もめちゃ強いし、グリムちゃんと大量のモンスターが鎮座してるギルドホームは攻めるのムリゲーだしでしゃーないわｗ
てかビックリしたのは生産職連中の大活躍だよなぁ。
３回目とか例の生産職ギルドが優勝しやがったし

**151. 駆け抜ける冒険者**
>>130
なー、マジで舐めててごめんなさいって感じだわ……！

生産職連中曰くユーリちゃんが価値を見出してくれたらしいけど、やっぱ運営は最初から頑張れば戦えるよう設定してたのかな？

**173. 駆け抜ける冒険者**
>>151
だろうな。ガバガバに見えて実はちゃんと考えてるのがブレスキ運営だからな！
一部の連中は「ガバガバに見えて実はちゃんと考えてるよ

うに見えてやっぱガバガバじゃね？」って言ってるけど、
俺は前者だと信じてるぜ！

**175. 駆け抜ける冒険者**

>>173
俺もだぜ！　イジメみたいに弱体化されたユーリちゃんがまた最強になる道が残ってたり、特に今回の生産職の暴れっぷりを見たら、ちゃんと考えれば強くなれるように作ってたんだよ！

ちなみに運営さまといえば、今回のイベントの調子を見てまた１日がかりでアップデートするらしいな。

やっぱ魔王ユーリが使ってる【武装結界】ってやつは規制かねぇ？

**176. 駆け抜ける冒険者**

>>175
あれは流石にやばいもんなー。200本くらい爆殺武器が飛んできて頭おかしいしw
まぁユーリちゃんのことだから、どうせ無双するんやろなぁ・・・(信頼)

**177. 駆け抜ける冒険者**

>>176
だろうなｗｗｗｗｗ
あと前のアップデートでストーリークエってやつが実装さ

れてんだけど、みんなやってる？

**179. 駆け抜ける冒険者**

>>177
ああ、最初のおつかいがやたらとダルいアレなー。
○○を××に渡してくださいってクエストが連続してきてぶっちゃけ疲れただけだわｗ
イベントのためにレベル上げしないといけないし、途中で放置してるわ

**180. 駆け抜ける冒険者**

>>179
おつかいラッシュでだるくなるのはオンラインゲームあるあるだなーｗ

**180. 駆け抜ける冒険者**

>>177
ユーリちゃんやスキンヘッドやザンソードみたいなイベント上位陣って、なんかレベル上げばっかに夢中でクエスト放置してそうだよなｗｗｗ

**182. 駆け抜ける冒険者**

>>180
ザンソードさんはクエストもしっかりこなしてるんじゃないかなぁ？

だってあの人、一日中ログインしてるニー……時間に余裕のある人だし！

ま、なんにせよイベントお疲れさまでしただな！
次は上位陣に勝ってやるぜ～！

「「「ふぉぉぉぉおおおぉぉぉぉおおおおおおおっ……！！！」」」

開発室に響く複数の不気味な慟哭《どうこく》。

それに合わせてカタカタカタカタカタと、狂ったような速度でキーボードを打つ音がこだまし続ける。

時はイベント終了後の深夜。『ブレイドスキル・オンライン』運営チームは、イベント結果を踏まえた上でのゲームバランス調整作業に泣きながら当たっていた。

「チクショウッ、あの美少女魔王めぇ……！」

――やはりというべきか、今回もユーリというプレイヤーには困らされたものだ。

爆殺技とアイテム奪取スキルの組み合わせにより、今や何万ものアイテム類が彼女の手中に集まってしまった。

その結果により運営チームは大混乱。一時期はユーリが手にしたアイテムを全て削除しようと決議しかけたが……、

「くそっくそっ、ユーリのヤツめ！　みんなが見てる場でお礼なんて言いやがってッ！」

「もう迂闊《うかつ》な真似《まね》はできねぇ。一回目のアップデートでアホほど弱体化させたのに戦えてたり、アイツが生産職に戦う手段を与えたりで、プレイヤーたちからの運営信仰はハンパねぇことになってやがる！」

「『運営の人たちはちゃんと考えてゲームを作ってる』ってな！　チクショウッ、実はあんまり考えてねーよッ！」

喚《わめ》き散らしながら修正を進める運営チーム。

こんな状態で再びイジメみたいな個人狙いのアップデートをやらかせば、『やはり運営は何も考えてなかった』とプレイヤーたちを失望させかねない。

その結果、『アイテム奪取スキルは、イベント用の重要アイテムを奪うことはできず、またレベルが自分より低い相手には適用されない。そして奪ったアイテムは盗品であるため、本来の持ち主以外は売却によって金銭に換えることはできない』という設定を付与したところで落ち着いたのだった。

──『ユーリのアイテム全消ししてぇ！』と思っている運営としては苦肉の策だが、何も知らない一般プレイヤーからしたら実に妙手だろう。

この二つの追加設定によって、アイテム奪取スキルを得た高レベルプレイヤーが低レベルプレイヤーを襲いまくるという事態はなくなり、地獄のような金策が起きる可能性はゼロになったのだ。

そしてアイテム奪取スキルを得たプレイヤーにとっては格上に挑むための良いモチベーションとなり、さらに略奪アイテムは『本来の持ち主以外は売却によって金銭に換えることはできない』という設定から手元に残さざるを得ないため、奪われたプレイヤー側にも交渉によって取り返す余地が出来たのだ。

　そんなことも自覚せず、大人たちは「あの魔王いつかわからせてやるッ！」と叫びながら涙目で作業を続ける。

「くそっくそっ、ユーリのやつめ……！　お前のおかげでゲームは盛り上がったけど定時帰りは出来なくなったよチクショウッ！」

「【武装結界】なんて完全に使えなくしてやりたいが、一応は大量のイベントポイントを消費して手に入るスキルだからな。獲得しちまった他のプレイヤーのことも考えて、納得がいく程度の弱体化で許してやる……！」

「こうなりゃユーリを弱くさせることよりも、ゲームの難易度を上げるぞ！」

「どうせユーリはもう低レベルフィールドには興味ないだろうから、ココはそのままでいいだろ。逆に高レベルフィールドのモンスターどもはモーション増やしたりパワーアップさせて、さらにすごいユニークモンスターとか用意して、ストーリークエストにはユーリなんて霞《かす》んじまうようなカッコよくてメチャつよな敵を出して……！」

　――チンピラ魔王への憎しみのままに、『ブレイドスキル・オンライン』をさらに手ごたえのあるゲームへと（無自覚で）昇華させていく運営チーム。

　かくして、彼らの眠れない夜は続くのだった――。

# 第三十九話　新章突入！　必殺技のかたまり、ユーリくんちゃん！

「ふっふーんッ！　俺、参上！！！」


ギルドイベントが明けてから一日。

今日も元気にログインした俺は、ギルドホームである『聖上都市・ヘルヘイム』の広場に降り立った。

「いやー、昨日はリアルで大変だったなぁ。学校の先輩に追い掛け回されて……」

以前、文化祭のときに俺にドレスを着せてきた手芸部の人だ。

俺の女装姿がめちゃくちゃツボったらしく、今度はナース服やらメイド服を持ちながら『コレを着てくださいましーッ！』となぜかお嬢様口調で迫ってきやがった。

これで男ならぶっ飛ばしてるとこだが、女子の先輩に手を出すわけにはいかないからなぁ。

「んで結局、『少しだけなら』って了承したら色んな服を着せられた上に写真まで撮ろうとしてきて……流石《さすが》に嫌だったから逃げだしたら……はぁ……」

そこからがさらに大変だった。

学校の外まで飛び出したところ、校門近くを歩いていた渋顔のお兄さんにぶつかってしまったのだ。

そうしたら二人して倒れて、まるで俺が押し倒されているかのような状態になっちまったんだよなぁ。

「しかもそのとき俺が着せられてた服が、女子用の制服で……さらに近くを通りかかった女子中学生が『アンタなにやってんのよーッ！』って渋顔のお兄さんに飛び蹴りをかましちゃって……！」

まさにカオスな状況だった……！

結局、なおもお兄さんをボコろうとする中学生の女の子（真面目そうに見えてめちゃ暴力慣れしてる）を必死に止めて、どうにか落ち着いてもらったんだっけか。

「あのお兄さんには悪いことしちまったなぁ。ぶっ倒れながら『久々の外出なのになぜこんな目に……やはりリアルはクソゲーでござる』って泣いてたし。

まぁ、俺が抱き起こしてやったらなぜかビックーンッてすごい勢いで立ち上がったから、身体《からだ》に異常はなさそうだったけど……」

そんなこんなで本当に忙しい一日を過ごしたのだった。ちょっとイベントより疲れたかもな。

「うしっ、リアルはリアルでゲームはゲームだ。切り替えていくぜっ！」

頬を叩《たた》いて気を引き締める。

というわけで今日も大暴れじゃいッ！

「さてさてさて。今回も前回のイベント終了後と同じく、一日がかりでアップデートが行われたそうだなぁ。今回はどうなったことやら……」

そう呟《つぶや》いた瞬間、さっそく目の前にメッセージが表示されて……、

・アップデートに伴い、戦闘バランスの調整を行わせていただきました。

主な変更点は以下のものになります←

1：一部のプレイヤーの暴走を受け、【武装結界】によって召喚できる武器の数を『無制限』から『7本まで』にいたします。

また敵プレイヤーの足元から召喚することは不可とします（対処があまりに難しいため）。

以上の弱体化の代わりに、武装の具現化時間を3秒から10秒に延長いたします。

2：一部のプレイヤーの暴走を受け、アイテム奪取スキルに『イベントなどで手に入る重要アイテムを奪うことはできず、レベルが自分より低い相手には適用されない』という設定を付与します。

また、奪ったアイテムは盗品であるため、本来の持ち主以外は売却によって金銭に換えることは出来なくさせます。

3：一部のプレイヤーの仲間の暴走を受け、NPCをフィールドに連れ出す際には、1体につき12のパーティ枠を一つ消費するものとします。特定のイベント時には、この制限を解放します。

4：最上位プレイヤーたちの実力を鑑み、上級エリアのモンスターの戦闘力を増大させます（それに伴い得られる経験値も微増）。

また、強力な特殊モンスターを新たに実装させます。

5：新たなシステムとして、【カルマ・システム】を実装します。

具体的には、今までも存在した『死刑判決を受けるなどしたプレイヤーがNPCに恐れられる度合い』を数値化したモノです。

クエストなどで善なる言動をした者は業《カルマ》がプラスに近づき、暴力的な言動をした者はマイナスとなります。

カルマがプラスかマイナスか、またその数値の大きさが、今後のイベントなどに関わってきます。

そしてカルマ値が一定以上の者が『隠し条件』を満たした場合、特殊奥義に覚醒します。

6：上位プレイヤーたちに向け、刺客が放たれます！
詳細は完全黙秘。50レベル以上の方は、気を引き締めてプレイに励んでください。

「っ、ぬぐぐぐぐ……！　クソ運営め、やはり俺を弱体化させてきやがったか……！」

悔しがる俺だが、以前ほどは取り乱さなかった。

ま、1と2あたりは予想が出来ていたことだからな。

「はぁ……しゃーないか。爆殺武器を二百本飛ばすのは流石にやりすぎてた感あるし、ザンソードを花火みたいに打ち上げた使い方もハメ殺しみたいなもんだしな」

いいさいいさ、ユーリくんは寛大だから許してやるぜ。武器の顕現時間も延ばしてくれたしな。

2についてもオッケーだ。低レベルのプレイヤーから略奪する趣味なんてないし、別に盗品を売らなくても金は山ほどあるからな。

「3は……これってもしかして、シルがNPC軍団を引き連れて暴れたからか？　アイツも運営から目をつけられたか〜」

流石は俺の副官なだけあるぜ。今度会ったら撫《な》でてやろう。

ちなみに4と5と6は普通に面白そうに思えるな。運営のやつらもやるじゃねーか。

「うーし把握把握。【武装結界】の弱体化、上等じゃないか！　だったら、他を伸ばすだけってなぁ！」

すでに次なる最強化計画は立てていたさ！

俺はニッと笑いながら、自身のステータスウィンドウを表示させる。

その職業欄のところには、こんなメッセージが記されていて――、

・アナタはレベル75に到達しました。
セカンドジョブ：クラフトメイカーを二次職に進化させることが出来ます。
進化先は二つありますが、どちらになさいますか？

1：『クラフトマスター』
クラフトメイカーの正当進化職。
全ての生産行為の成功率が上昇します。

2：『バトルメイカー』
クラフトメイカーの亜種進化職。

新たに武装6種類が装備可能となり、また専門職でなくとも、使用している武器のアーツが使用可能となります。

ただし専門職とは違い、ＭＰ消費量が5倍かかります。


「これだぜ、バトルメイカー！」

調べた時から気になってたんだよなぁ。

ＭＰ消費量はやばいけど、色んなジョブのアーツが使えるとかロマンあふれまくりじゃねえか！

「実は憧れてたんだよなぁ、弓術系アーツとかさぁ……！　『弓使い』を名乗ってる俺だけど、『アーチャー』のジョブを選択してないから普通の矢しか放てないしなぁ」

俺も男の子だからな。ポン太郎の宿った矢を使って無理やりホーミング矢とか分裂する矢とかやってたが、やっぱり普通に必殺技みたいなのを使ってみたい！　それに剣とかも振り回してみたいしなっ！

というわけで、イベントで暴れまくってレベルも75に達したことだし――、

「迷うことなく進化だ進化ッ！　バトルメイカーの項目をポチっと！」

・ジョブ進化おめでとうございます！　アナタはバトルメイカーになりました！
固有能力【武装百般】に覚醒しました。

新たに六つの武装の装備権を獲得し、武装に対応したアーツが使用可能となりました！
※キャラメイク時に選択済みの武器のアーツも使用可能になります。
また新たな使用武器の決定はステータス画面から行えます。一度に六つを選ばずとも、一部を保留状態のまま決定することもできます。


「よーしっ、またまた強くなっちゃったな！」

色々な武器が使えるようになるなんてワクワクするなぁ。

ま、どれを選ぶかは街を歩きながらゆっくり考えますか。一度に全部選ばなくてもいいそうだしな。

「ぬっはっは！　ちょっとやそっとの弱体化で俺を止められると思うなよ、アホ運営め！」

それじゃあ使いたい装備を考えつつ、新しいバトルスタイルを探しに修練場にレッツゴーだぜ！

**【ギルドバトル】初心者用雑談スレ　１５３【楽しかったね！】**

**1. 駆け抜ける冒険者**

ここは初心者プレイヤー用の雑談スレです。

ゲームに慣れてない内は、ここでアドバイスを出し合って協力していきましょう。もちろん先輩プレイヤーからの助言もオーケーです。みんな仲良くいきましょう。

次スレは自動で立ちます。

前スレ：http:// ＊＊＊＊＊＊＊＊＊＊＊

**173. 駆け抜ける冒険者**

昨日のギルドイベント楽しかった～～！

金をくれた魔王様と誘ってくれたフランソワーズさんに感謝だな！（＾ω＾）

**175. 駆け抜ける冒険者**

>>173

おうよ、イベントポイントも手に入ったし限定スキルゲットしたぜー！

アップデートで面白そうな要素も追加されたし、これからも楽しみまくってやるぜ！

**176. 駆け抜ける真・初心者**

あのーすみません！

すごい話題なんで今日からブレスキ始めようと思ってるんですが、職業とか武器って何から始めればいいですかね？

**177. 駆け抜ける冒険者**

>>176

おー初心者の俺たちにも後輩が！　よくぞ来てくれた！

とりあえず『剣士』か『魔法使い』安定だな。この二つは二大汎用ジョブと呼ばれていて、使えるアーツが多いしジョブ進化先もめっちゃあるんだよ。

**179. 駆け抜ける冒険者**

>>177

んで、剣士にするなら武器は『刀剣・短刀・大剣』安定だな。

これらの武器は斬撃系アーツを共通して使うことが出来るからな。

というか剣士は剣持ってなきゃアーツ使えないし

**180. 駆け抜ける真・初心者**

>>179

えっ、アーツって必殺技みたいなやつですよね!?

もしも剣士なのに武器に弓矢とかを選んだら、それが使えなくなるんですか!?

そんなの職業を選んだ意味がなくなるんじゃ・・・

**185. 駆け抜ける冒険者**

>>180
たしかに斬撃系アーツが使えなくなるからデメリットは酷いけど、でも完全に無意味ってわけじゃないぞ？

職業にはそれぞれ『固有能力』ってのがあって、たとえば剣士なら【見切り】っていう反射神経がちょっと上がる能力があるんだよ

**190. 駆け抜ける冒険者**

>>185
アーチャーのジョブだと【鷹の目】っていう視力が上がる固有能力があるから、偵察系のプレイヤーがセカンドジョブに選んでること多いんだよな。

あと、武器がなくても発動できる魔法系アーツってのもあるし。

**198. 駆け抜ける冒険者**

>>190
剣士にも『座禅』っていう魔法系アーツがあって、座ってる時に発動するとＨＰが急回復するんだよな（魔法なのかそれ？）

万能職の『ブレイブランサー』なんて、『隠密行動』とかいう存在を地味にして相手にこそこそ近づけるアーツが

あったりとかな～

**200. 駆け抜ける真・初心者**

わーみなさんありがとうございます！
オススメしてくれる人が多いので、剣士で刀剣を選んでみます！
ちなみに聞きたいのですが、このゲームって二刀流は出来ますか!?
やっぱりネトゲといえば二刀流ですよね！！！！！！！！！！

**210. 駆け抜ける冒険者**

>>200
何の作品に影響されてんだｗｗｗｗｗ
とりあえず二刀流は出来るぞ？　まぁやってるやつは少ないけどな……

**212. 駆け抜ける真・初心者**

>>210
なんでですか!?　かっこいいじゃないですか!?

**215. 駆け抜ける冒険者**

>>212
いやこのゲーム、レアの剣を装備するにはそれ相応の要求筋力値が必要になるんだよ。

だから、装備するのに筋力値100がいる剣を２つ持つには、筋力値200がかかるってわけ。

それならみんな普通に要求筋力値200の強力な剣を使ってるって感じだな。

しかもアーツを発動した場合、一つのほうの剣しか出ないしな

**218. 駆け抜ける真・初心者**

>>215
そんなーーーーーーーッ!? (´; ω ; `)

**220. 駆け抜ける冒険者**

>>218
ドンマイドンマイｗ
ちなみに小ネタだが、アーチャーの放つ矢だけは複数にアーツが適用されるんだぜ？
たとえば弦に二本の矢をつがえながらアーツを発動させると、１回のＭＰ消費で二回分のアーツ攻撃ができるってわけだ。アーチャースレでちょっと話題になってたわ

**221. 駆け抜ける冒険者**

>>220
まぁ一度に何本も矢を放とうとすれば、威力は落ちるし命中率もめちゃくちゃになるから使いこなすのはほぼ無理だけどなｗｗｗｗ

というわけで初心者くん。

魔王ユーリが見つけまくってるみたいに色々と裏技とかも多いゲームだから、ぜひ「ブレスキ」を楽しみまくってくれたまえ！

**223. 駆け抜ける冒険者**
>>221
ここ（初心者スレ）にいるやつ、みんな初心者だけどな！！！！！

◆
◇
◆

「――よーし、それじゃあおっぱじめるぜ！」

街の広場から徒歩ちょっと。（串焼きを買い食いしつつ）コロッセウムのような感じの修練場に辿《たど》り着いた俺は、さっそく新たなバトルスタイルを模索することにした。

「とりあえず新しい武器には、『刀剣・大剣・槍《やり》』の三つを選んでみるか。ポチポチポチポチポチ〜っと」

どれもメジャーで使いやすい装備類だな。

これでキャラメイク時に選んだ『弓矢』も含め、アーツを使える武器が四つになった。

「んで、残り三枠は色々思いついた時のために保留っと。……でも他の武器なんて、ハサミとかトランプとかよくわからんものがほとんどだけどなぁ」

どちらもロマンには溢《あふ》れているが、普通に戦いづらそうなので却下する。

それと、このゲームでは盾も武器のカテゴリーに入っているらしい。わりと珍しい設定かもな。

ひとまず武器は決定だ。
それによって俺のステータスはこんな感じになった。

**名前**　：ユーリ
**レベル**　：76
**ジョブ**　：ハイサモナー
**セカンドジョブ**　：バトルメイカー
**使用武器**　：弓　刀剣　大剣　槍（残り選択枠：3）
**ステータス**
筋力：0　防御：0　魔力：0　敏捷《びんしょう》：0
幸運850×3×2＋85＋900＝『6085』
**スキル**
ステータスアップ系スキル：【幸運強化】【逆境の覇者：HP1のため発動状態。全ステータス2倍】
食いしばり系スキル：【執念】
ダメージアップ系：【致命の一撃】【真っ向勝負】【ジェノサイドキリング】【非情なる

死神】【アブソリュートゼロ】【異常者】
武器回収系スキル：【ちゃんと使ってッ！】
使い魔補助系スキル：【魔王の眷属《けんぞく》】【魔の統率者：限定スキル】
その他アバター強化・システム拡張系スキル：【神殺しの拳】【魔弾の射手】【魔王の波動】【魔王の肉体】【悪の王者】【武装結界：限定スキル】【紅蓮《ぐれん》の魔王】【冒瀆《ぼうとく》の略奪者】【死の商人】【万物の王】

**固有能力**

【調教】【キマイラ作成】【召喚】【禁断召喚】【巨大モンスター召喚】【生産】【運搬】【転送】【武装百般】

**装備**

・頭装備『呪われし死神姫の髪飾り』（作成者：フランソワーズ　改変者：グリム）
装備条件：プレイヤーの筋力値・魔力値・防御値・敏捷値全て半減　ＭＰ＋１００
幸運＋３００
・体装備『呪われし死神姫のドレス』（作成者：フランソワーズ　改変者：グリム）
装備条件：プレイヤーの筋力値・魔力値・防御値・敏捷値全て半減　ＭＰ＋１００
幸運＋３００
・足装備『呪われし死神姫のブーツ』（作成者：フランソワーズ　改変者：グリム）

装備条件：プレイヤーの筋力値・魔力値・防御値・敏捷値全て半減　MP＋100　幸運＋300　マーくん憑依《ひょうい》状態
・武器　：『初心者の弓』　装備条件なし　威力1
・装飾品：『呪われし姫君の指輪』（HPを1にする代わり、極低確率でスキル再発動時間ゼロに）『邪神契約のネックレス』（HP1の時、幸運値3倍）『耐毒の指輪』（低確率で毒を無効化）

「うしっ、とりあえず色々と準備オッケーだ。というわけで……出てこいっ、訓練用クトゥルフ・レプリカッ！」

『クェーーーーーーーッ！』

俺の声に応え、目の前に粘体のような不気味な竜『禁断邪竜クトゥルフ・レプリカ』の偽物が現れる。

毎度おなじみ、修練場の特殊機能だな。経験値なんかは手に入らないが、今まで倒してきたモンスターを好きなだけ呼び出せるんだ。

「あ、悪いが偽クーちゃん。地脈に宿るのは今回ナシにしてくれよ。お前の役割は攻撃の威力チェックだからさ」

『クェ〜っ!?』

〝えーそんなーっ!?〟とでも言いたげな鳴き声を上げるクトゥルフ・レプリカのレプリカ(これもうわかんねぇな)。

こんな風に細かい注文が出せるのも修練場の便利なところだな。

「ただ、無抵抗な相手をボコる趣味はないからな。地脈に潜りさえしなけりゃ、好きなだけ攻撃してきていいぜっ!」

『クェッ!? クエェエーーーッ!』

攻撃の許可を出した瞬間、偽クーちゃんはやる気いっぱいに触手を伸ばしてきた!

よーしいいぞいいぞっ! ウダウダ考えるよりも、戦いの緊張感の中で頭を回すほうが俺好みだからな!

こちらも右手に弓を顕現させ、戦闘準備を整える。

「いくぜークトゥルフッ! スキル【武装結界】!」

毎度おなじみの必殺スキルを発動させる。

俺の背後に複数の召喚陣が現れ、そこから魔剣や聖槍《せいそう》の切っ先が顔を覗《のぞ》かせた。

――しかし、

「ははっ……やっぱり少ないなぁ……」

今やその数は七つに過ぎない。

かつては百本以上の武器を召喚できたことを思えば、かなり弱体化されちまったなぁ。

「ま、へこんでてもしゃーないか。いけっ、武器軍団ッ！」

クトゥルフ目掛けて飛翔《ひしょう》する装備たち。

それらはこちらに迫ってきていた触手にあたり、七つ同時に大爆発を起こした！

修練場に大量の土煙が舞い上がる。

「爆殺効果は相変わらず健在だぜ。どうだ、効いたかクトゥルフ!?」

『ツ――クエェエエーーーッ！』

だが次の瞬間、無数の触手が土煙を払いのけ、俺に向かって一気に殺到してきた――！

「っ、マーくん！【瞬動】してくれ！」

『ツッツ――！』

咄嗟《とっさ》にブーツに宿った憑依モンスター・アーマーナイトに呼びかけ、高速のステップで触手の群れを避けていく！

「くそっ、やっぱり七回程度の爆破攻撃じゃ仕留められないか……！」

しゃーなしか。クトゥルフ・レプリカは最上位クラスの隠しボスモンスターだからな。

だけど、もしもイベントの時みたいに絨毯《じゅうたん》爆撃が出来たなら瞬殺も夢じゃなかったかもしれない。

「ちっ、悔やんだって仕方ないか。今はそれに匹敵する力を模索してるんだから、とにかく頭を回さないとな……！」

『クェーッ！　クエクエーッ！』

叫びながら触手を振り乱してくるクトゥルフ。

その攻撃を紙一重で避けながら、俺は冷静に考える。

「……かつてできなくて、今できること。それは『アーツ』の発動だな」

アーツ。それはMPを消費して発動する特殊技のことだ。

一応、これまでもモンスターを強化する『パワーバースト』などを使ってきたが、それらは魔法系アーツと呼ばれるものだ。

対して武器を使ったものは武術系アーツと呼ばれ、技名を叫ぶことで『通常の攻撃の数倍のダメージを与える』『何倍もの速さで斬る』『装甲破壊力の高い打撃を繰り出す』など、特殊な効果を宿した技を繰り出すのだ。

しかもしかもっ、使用する時には武器から魔力の光が出るという最高にカッコいい演出付きなのだ！　男として燃えるぜッ！

『クェ〜〜〜ッ！』

「おっと偽クーちゃん、お前のことも忘れてないぜ！」

極太の触手を五本ほど差し向けてきたので、【武装結界】により同数の大剣を上から放って地面に縫い留める。

『ク、クェーッ！』

苛立《いらだ》ちの叫びを上げるクトゥルフ。

以前ならば召喚した武器は三秒ほどですぐ消えてしまうが、今は十秒も出せるようになったからな。こんな風な使い方も出来るわけだ。

「隙が出来たな、さっそくアーツを試してやるぜッ！　出てこいっ、『炎殺剣イカロス』！」

俺の左手に現れる炎の剣。この勇者であるユーリ様が派手な技を出すんだから、武器もカッコいいものじゃないとな！

さらにこれから出す技、『光刃一閃《いっせん》』も最高にカッコよさそうな代物だ。

なんと剣から光の刃が現れ、広範囲の敵を切れるんだとか。最高に主人公向きな技だな！

というわけで準備万端！　カッコいい俺がカッコいい武器でカッコいい技を出すところを見るがいいッ！

「いくぞッ、『光刃――』」

そして、カッコよく斬撃系アーツ『光刃一閃』を発動しようとしたところで……、

※エラー：『炎殺剣イカロス』を装備するには筋力値が200足りません。

「『一閃』――ってあれぇッ!?」

なんとエラーメッセージが表示され、イカロスはぴゅーんっと手からすっぽ抜けてしまったのだ！

「……って、しまったぁあああああーーーッ!?　そういえば俺、筋力値ゼロだったーーーッ！」

今まで【武装結界】によって当たり前に剣や槍《やり》を使っていたから忘れてた……！

俺、幸運値極振りのパワーよわよわプレイヤーじゃんッ！

自分で剣を握ってアーツとか放てるわけねーじゃんッ！　うわぁ凡ミスこいたッ、恥ずかしっ！

「と、とほほ……せっかくカッコよくアーツを決めようと思ってたのに……！」

しまったことしたなぁ。一応は『一閃』まで言い切っちゃったから、MPを無駄に消費しちゃうのかな？

しかもバトルメイカーはMP消費量が正規職の五倍かかるからなぁ。これからはMPを大事にすることを意識しないといけないのに。

「あー、わりぃなクトゥルフ。せっかくの勝負なのに、アホなところ見せちまって……！」

——かくして俺が、顔を赤くしながらクトゥルフのほうを見た……その時、

『クエエエーーーーーーーーッ!?』

「えっ？」

なんとクトゥルフが大絶叫を上げるや、ビタビタビタッと音を立てて、周囲に切断された触手が飛び散ったのだ……！

ついさっきまで、大剣によって縫い留めていた触手たちだ。

「えっ、なっ、何が起きているんだ!?　縫い留めてただけなのに、なんで触手が切れてんだよ……!?」

困惑しながら、俺はもうすぐ消えようとしている五本の大剣に目を向けた。

——そこで気付く。

「え……剣が、光ってる……？」

なんと、刀身から光の刃が現れていたのだ。

間違いなく『光刃一閃』による特殊効果だ。本当に何が起きてるんだよ……!?

「おいおい……攻略サイトなんかで予習してきたが、たとえ複数の武器を持っていてもアーツって一本からしか出ないんだろ？　まぁ放たれた矢は別らしいが——って、

あぁッ!?」

俺の脳裏に電流が走る……！

バラバラだったパズルが一気に組みあがっていき、一枚の絵が見えていくような感覚に陥る——！

「っ……そうだ……よく考えてみろ……！　そもそも俺が使ってきた【武装結界】による武器の雨は、条件を満たしていないときに装備がすっぽ抜けちまう現象《エラー》を利用した技だ。それが攻撃になっちまうこと自体、おかしいことなんだ……」

所詮、エラーはエラーだ。投擲《とうてき》などとはまるで違う。

ゆえに、『攻撃時』に発動するダメージアップ系スキルなどは適用されないはずだった。

しかし俺は、『弓を持っている時に放たれたモノは、システムが攻撃として認識する』という仕様外現象に気付いてしまった。

そうして防御スキルである【武装結界】は、攻撃技へと変貌を遂げたわけである。

「そうっ——『弓を持っている時に放たれたモノは、システムが攻撃として認識する』！　じゃあその攻撃っていうのはなんだ!?　一体『何』による攻撃だと認識されているんだ!?」

そんなの答えは簡単だ。だって俺の手には、弓が握られているのだから……っ、

「——答えは、『矢』だッ！　つまり【武装結界】によって放ったモノは、矢の持ってい

る『放たれた全てにアーツが適用される』というルールが適用されるんだッ！！！」

ついに辿《たど》り着いた恐るべき真実に、俺は思わず声を上げてしまった――！

その結果がクトゥルフ・レプリカの致命傷だ。

五本の剣には『剣』であるのと同時に『矢』のカテゴリーが付与されており、斬撃範囲拡張アーツ『光刃一閃』が一気に発動したってわけだ。

「ふっ、ふふふ……！　見つけたぜぇ、新たなる弓使いの戦闘スタイルをッ！」

ああ、こりゃあ最高に面白くなりそうだッ！

新しい戦闘スタイルを思いついたことで、さらにさらにと頭の奥からアイディアが湧き上がってくる――！

「アハハハハッ！　よぉぉおおおしッ、ステータスウィンドウオープン！　新しい武器にコレを選択してっと……ッ！」

そうして俺がハイテンションにウィンドウをいじくっていた時だ。

悶絶《もんぜつ》していたクトゥルフ・レプリカが、『ギシャァアアアアアアーーーーッ！』と怒号を張り上げた。

そしてこちらを睨《にら》みつけ、口をばっくりと開けて――！

『ギッッッシャァアアアアアアーーーーーーーーーーッ！』

次の瞬間、ヤツは魔力を収束させせると、暗黒の破壊光線を全力放出してきた――！

「ハハッ、そういえばそんな技もあったなぁお前！」

以前はギガンティック・ドラゴンプラントの必殺技と対消滅させてやりすごしたっけか。

だがしかし、もはや俺には召喚獣を呼び出す必要すらなくなった！

「スキル【武装結界】発動！　現れろ、七つの盾よ！」

俺の叫びに応じ、硬く分厚い盾たちが亜空間より飛び出してきた。

これが俺の選んだ新しい武器だ。そしてさらにっ、

「アーツ発動ッ、『閃光障壁《せんこう》』！」

ここで盾のアーツを発動させる。

防御アーツ『閃光障壁』は盾を光の魔力で包んで、その衝撃緩和性を高める技だ。

それを七つすべてに適用させたことで、クトゥルフの放った破壊光線は俺に届かず霧散するのだった。

『クェーーーーッ!?』

「そして悪いが、これで終わりだッ！」

俺は盾を消し去ると、新たに七つの刀剣を顕現させる。

さらに使い魔『シャドウ・ウェポン』の宿った強力な矢を何本も呼び出し、弓につがえた！

「ハハッ！　他の弓使いなら一気に何本も矢を放ったって当たらないだろうが、俺はサモ

ナーだからなぁッ！　命中率も威力もモンスターたちが補正してくれるんだよ！」

『『『キシャシャ〜ッ！』』』

久々の出番にはしゃぐポン太郎たち。そんな可愛《かわい》い舎弟どもの様子に微笑《ほほえ》みながら、俺は弦を引き絞った。

「そして、俺が顕現させた武器には全て『矢』のカテゴリーが付与される……！」

つまりッ、

「矢のアーツを使えば、ポン太郎たちだけじゃなくてそっちにも適用されるってわけだッ！　つーわけで死ねッ、射撃系アーツ『シャイニング・アロー』！！」

かくして放たれる光の矢と剣の群れ。

その全てに威力大上昇のアーツ効果を纏《まと》わせながら、クトゥルフ・レプリカに殺到したのだった――！


スキル【ジェノサイドキリング】発動！　ダメージ二倍ッ！

スキル【致命の一撃】発動！　ダメージ二倍ッ！

クリティカルヒット！　弱点箇所への攻撃により、ダメージ三倍！

スキル【非情なる死神】発動！　クリティカルダメージさらに三割アップ！

『クェーーーーーーーーーーーーーッ!?』

幸運値極振りの効果も無論健在。

ただでさえアーツによって激しくなった攻撃がダメ押しのダメージアップを果たし、クトゥルフはもはや悲鳴を上げるしかなくなった。

そして、最後に。

「――爆殺系スキル、【紅蓮《ぐれん》の魔王】発動」

次の瞬間、ドゴォオオオオオオーーーーーーーーーーーーーーーーッッッ!!! という激しい音を立てながら大爆発が巻き起こる――!

爆破タイミングを自在に操れる新スキルを使い、クトゥルフの身体《からだ》に深々と刺さった剣たちを爆発させたのだ。

それによって原形すらも残さず吹き飛ぶ禁断邪龍。赤き火柱が轟《ごう》と沸き立ち、血肉の雨が降りしきる。

「じゃあなクトゥルフ、楽しかったぜ?」

俺は全身に血を浴びながら、さらなる最強への道を目指して修練場を後にするのだった

……!

今の俺の姿——完全に覚醒した勇者だなッ！

※魔王です。

# 第四十話　またまた逮捕だ、ユーリくんちゃん！

「さぁ、走れ走れウル太郎！　ひたすら東を目指しまくってっ！」

『ワォーーーンッ！』

新たな戦闘スタイルを見つけた後のこと。

ある思い付きをした俺は、使い魔の『ウルフキング』に乗って『絢爛《けんらん》都市・ナカツクニ』という場所を目指していた。

攻略サイトによると和風の雅《みやび》なところらしい。そこを根城としているプレイヤーにちょっと用があるのだ。

かくして、久々の出番で上機嫌なウル太郎を走らせること数十分。

「よーしついたっ！　ここが『絢爛都市・ナカツクニ』かぁー！」

俺を出迎えてくれたのは、めちゃくちゃデッカい鳥居だった！

その向こうには大河ドラマで見たような江戸時代っぽい街並みが広がっており、街の中央には巨大な石垣のお城まであった！

「おひょ～っ、好きなヤツにはたまらないだろうなぁ……！」

さっそく中へと入りながら街の様子を見ていく。

絢爛と名の付くだけあって、なんとも華やかなところだぜ。

そこら中に桜が咲きまくり、その下では多くの和服の商人NPCたちが「安いよ安いよぉっ！　もってけドロボーッ！」と元気に商いを行っていた。

「いいところだなぁナカツクニ！　さてっ、それじゃあアイツを捜しますかー」

そうしてのんびり観光しつつ、ぶらぶらと街を歩いていると――。

「むッ、なんたる邪悪な気配を放つ女かッ!?　皆の衆、クセ者だぁーッ！　出会え出会えええええッ！」

『うぉおおおおおお――――――――――――ッ！』

……ええ。

街に入って約一分後、俺は新選組みたいな恰好《かっこう》をした見回りNPCたちに囲まれてしまうのだった。

って、また俺捕まっちゃうのかよ――――――――――――ッ!?

◆　◇　◆

「あっはっはっはっは！　それでＮＰＣどもに連行されていたというわけかっ！」

「笑うなーっ！」

あれから数分後。俺はとある侍プレイヤーと、街を引き続き散策していた。

まーた牢屋《ろうや》エリアに放り込まれそうになっていたところを、ちょうど捜そうと思っていたコイツが助けてくれたのだ。

「まったく、いきなり捕まえるなんて酷《ひど》い話だろザンソード？　俺は正義の勇者なのに」

「フッ、冗談が上手《うま》いなぁユーリよ」

「冗談じゃねーよ！」

そう。俺のお目当ての人物こそ、ライバルの一人である侍プレイヤー・ザンソードだ。

先日のイベントでは楽しませてもらったぜ。

「またナカツクニ内で捕まったら拙者に連絡するがいい。拙者、この街のクエストを制覇した結果、君主ＮＰＣから『大名侍』の地位を与えられているでござるからな。拙者自ら犯罪を行わぬ限りは、見回りＮＰＣたちの決定にも異議申し立てができるのだ」

「はえー……！」

クエストってのをクリアしていくとそんな特典があるんだなぁ。

「ここの君主は良き御仁でな、ギルドホームとして古城も与えてくれたでござる。おぬしの街の君主NPCはどんな感じでござるか？」

「ああ、教皇グレゴリオンな。ムカツク野郎だったからぶっ殺した！」

「……そういえばそうだったでござるなぁ」

あの配信動画は衝撃的でござったと、俺が『聖上都市・ヘルヘイム』を攻略する様子を思い出しているザンソード。

おいおい、なんでどんどん顔が引き気味になっていくんだ？　正義の勇者ユーリくんが囚人を率いながら悪の教皇をぶっ殺す熱いストーリーだったはずだろ？

「ゴホンッ！　それでユーリよ、一体この街に何の用でござるか？」

「街じゃなくて、ザンソードに用事があったんだよ。実は俺……剣技を覚えようと思っているんだ」

「むっ……!?」

俺の言葉に驚いた表情をするザンソード。

まぁ、それもそうか。俺は弓使いとして知られているもんな。

「実はバトルメイカーっていうジョブに進化してさ、剣も装備できるようになったんだよ。んで、いざという時のために近接戦闘も出来るようにしておきたいなーってな」

「ふむ、それでか。しかしユーリよ、おぬしは幸運値極振りなのでござろう？　それでは近接攻撃でダメージが与えられないどころか、ロクな剣も持てぬのでは……」

「それについては大丈夫だ。出てこいっ、ポン九朗にポン十郎！」

『『キシャシャーッ！』』

俺の呼び声に応え、虚空より二振りの『初心者の剣』が現れた。

それを見てザンソードは「ほう、そうきたか」と頷《うなず》く。

「なるほど、憑依《ひょうい》モンスターの一部を矢から剣に移動させたか……！　これで剣の威力にモンスターの筋力値が加算され、それなりのダメージが叩《たた》き出せるな」

「おうよ。初心者シリーズには装備するのに必要なステータス値ってのもないから、ちゃんと持つこともできるぞ」

漆黒の光に包まれた双剣を握り締める。

フフフ、やっぱり二刀流ってのは男のロマンだな！　テンション上がってくるぜぇ！

「衝撃を増強させるスキル【魔王の波動】に、【アブソリュートゼロ】っていう初期装備で与えるダメージが上昇するスキルも覚えてるから、筋力値ゼロでも近接職に負けないぜっ！」

「ほう、侍である拙者に向かって言ってくれるではないか……！　では剣術の指導もかねて、おぬしをしばき倒してやろうっ！」

刀を引き抜くザンソード。先日のイベントでボコボコにしてやったが、相変わらずの負けず嫌いっぷりで何よりだぜっ！

「よーし望むところだ！　それじゃあさっそくバトろうやー！」

こうして俺たちは、華やかな街の中心で思う存分剣術バトルを繰り広げるのだった

――！

※街中で抜刀したため、この後二人とも逮捕されました。

# 第四十一話
## 忍び寄る影



「くそっ、酷い目にあったぜ！　お前が街中でバトり始めちゃうから逮捕されちゃっただろうがーッ！」

「なにをぅ!?　おぬしだってノリノリだったではござらんかッ！」

「しょうがないだろッ、バトル大好きなんだから！」

「拙者もでござる！」

二人仲良く逮捕されてから数時間後。

すっかり夜も更けた頃、『絢爛都市・ナカツクニ』の裏手にある森で俺はザンソードと斬り合っていた！

何本もの桜の木が立ち並ぶ美しいところだ。月に照らされた夜桜の下、刃を握って共に駆け寄る。

「死ねぃッ！」

激しく斬りかかってくるザンソード。しかし俺は回避など一切考えず、双剣を全力で振るう――！

「オラオラオラオラオラオラオラァッ！」

防御すらも意識していない攻撃一辺倒の剣術だ。ぶっちゃけるとテキトーに振り回している状態に近い。

一見すればアホっぽく見えるが……、

「それでよい！　どうせ拙者たちは素人のネットゲーマーなのだ。ならば下手にテクニックなど考えず、勢いで押し切るのが肝要よッ！」

「ハッ、勢いか！　そいつぁー俺好みの理論だぜっ！」

俺は袈裟《けさ》切りにされて血が噴き出るのも無視し、双剣を両側から振るってザンソードを真っ二つにしようとする！

しかしヤツはフッと笑うと、人間離れした速度でバク宙しながら避けてしまった。

――ま、人間離れしてるのはこちらも同じか。

「スキル【執念】でダメージ無効化っと。リアルの人間なら余裕で死んでる傷だったぜ」

「うむ。この世界には人間を超人化させる『スキル』や『ステータス』といった要素があるのだ。さらに魔法まであるとなれば、リアルの剣術理論など意識するだけ無駄なことよ」

再び刃を構えなおすザンソード。その渋い眼差《まなざ》しで俺を見つめる。

「ゆえにユーリよ。近接戦闘の感覚に慣れたら、あとは自分だけの剣術を見つけるがいい。自身のスキルや使えるアーツとよく向き合い、己だけの剣術理論を作り上げるのだ

――――！」

「ザンソード……！」

お、おぉ……コイツめちゃくちゃカッコいいこと言うじゃねーか！

なんか最近どっかで見たことあるような渋顔もイケメン風味だし、なんというかアレだ。

「お前、もしかしてリアルだとモテまくってたりする？」

「なっ、何を申すか!?　女子《おなご》との接触など、むしろ十年以上ないというか――あぁいや……つい最近、ビックリするほど美しい女学生と抱き合うこともあったり……！」

「ビックリするほど美しい女学生と抱き合ったぁッ!?　なんだよお前っ、やっぱりリア充じゃねーかっ！」

「よ、よせやいっ！」

照れ笑いするザンソードの肩をパシパシと叩く！

そういえばなんか最近渋顔のお兄さんを抱き起こしたことがあるんだが、まぁ特に関係はないだろう！

「うしっ。それじゃあ後は自分で剣を磨くことにするぜ。ライバルなのに色々と教えてもらって悪かったな！」

「本当でござるよ。……先日のイベントでボロ負けした上に作戦も打ち破られて、拙者がどれほど悔しい思いをしたか」

ジロリと睨《にら》んでくるザンソード。しかしその口ぶりは、どこか穏やかなものだった。

「どうしておぬしに勝てなかったか、あれから拙者は悩んだでござる。悶々《もんもん》としていても答えは出ず、数年ぶりに外を歩くほど悩んだでござる」

数年ぶりに外に出たんだ……それはそれで気になる話なんですけど。

「――そこで少々トラブルに巻き込まれ、先ほども語った美しき女学生に出会ってな。その顔付きがどうにもおぬしをイメージさせたことで……拙者はふと思ったのだ。〝そういえばユーリのヤツは、拙者と違ってどんな準備をしてきたのだろう〟と」

そこまで言って、ヤツは俺が手にした双剣を見つめた。

闇色の輝く双剣ことポン九朗とポン十郎が『キシャー？』と鳴く。

「なんてことはなかった。おぬしはまさにサモナーらしくモンスターを鍛え、そして何より仲間たちを育てていたのだな。

その結果がアレだ。おぬしによって導かれた生産職部隊や初心者部隊に戦力を削られ、シルやグリムのようなトップ層以下の少女たちに作戦をブチ壊された。――仲間を『操る』ことばかり考えていた拙者の、完全なる敗北でござるよ」

「ザンソード……」

「ゆえに、だ。これからは一人で突き進むことばかり考えず、誰かにモノを教えるくらいの余裕は持とうと思ってな。おぬしは拙者の生徒、第一号でござるよ」

そう言ってザンソードは朗らかに笑うのだった。

とても素敵な笑顔だ。これまで張り詰めた顔付きばかり見せてきたコイツが、こんな顔をするなんてな。

「ははっ……やっぱりお前、カッコイイよ」

「ぬっ、世辞ならいらんぞ……!?」

「お世辞じゃなくてマジだっつーの。謙遜抜きで、自慢のライバルの一人だと思ってるぜ？」

「む……そうか。ならば見ているがよい！　いずれスキンヘッドはもちろんおぬしも打ち倒し、『ライバルの一人』から『唯一の男』へ昇格をだな――！」

そうして俺たちが、穏やかに話していた……その時。

「――なんやザンソードはん、えらい腑《ふ》抜《ぬ》けた男になってしもうたなぁ」

突如として響く訛《なま》り言葉。

かくして次の瞬間、長刀を持った着物の女が、ザンソードの胴体を後ろから真っ二つにするのだった――！

# 第四十二話　強襲ッ、異世界からの侵略者！

「がはぁーーーっ⁉」

「ザ、ザンソードッ⁉」

　夜桜の散る中、惨劇は起きた。

　血を吐きながら泣き別れするザンソードの胴体。容赦なく両腕ごと切断され、ビチャリッという音を立ててヤツは地面へと落下したのだった――！

　俺は急いで回復薬を出し、駆け寄ろうとしたのだが……、

「おっと、通せんぼや。回復なんてさせまへーんっ♡」

「ッ、テメェ……！」

　俺の前へと、ザンソードを斬った謎の女が立ちはだかった。

　片手に金の煙管《キセル》を持った、遊女のような雰囲気の女だ。

　しかし、頬に飛び散ったザンソードの血と、もう片方の手に握られた刀が、その艶《あで》やかな風貌をおぞましい印象へと変えていた。

「なんだよお前は……！　いきなりザンソードを襲いやがって、汚いぞッ！」

「ハッ、汚い？　これだからケンカ馬鹿のお嬢さんは困りはんなぁ。奇襲や暗殺なんて、『戦国六道オンライン』じゃぁ当たり前やえ？」

「『戦国六道オンライン』……？」

なんだそりゃ――と呟《つぶや》こうとした瞬間、女は超高速の突きを放ってきた！

「なッ、会話の途中でそんなんありかよ!?」

どうにか半身を逸《そ》らして避けるも、女の攻撃は止まらない。

「あはははッ！　ウチのいた『戦国六道オンライン』じゃぁ攻撃こそがコミュニケーションや！　そぉら死ね死ねぇぇえええ！！！」

首に胸に手首に足にと、急所や斬られたら戦闘困難になる場所を執拗《しつよう》に狙ってくる謎の女。

こちらも双剣を振るって攻撃をいなそうとするが、あまりにも剣術の練度が違いすぎる。

おかげで何度も剣先が掠《かす》め、着ているドレスがボロボロになっていく……！

「くそっ、ガチでやめろ謎女！　ただでさえ露出が激しいってのに……っ」

「はんっ、恰好《かっこう》の心配していられるとは余裕やなぁ！」

忌々しげにこちらを睨む謎女（いい加減名乗れ）。

その視線に、俺はフッと笑って答えてやる。

「ああ、余裕だとも。だって俺には、頼れる戦友がいるからなぁ――――！」

そして、次の瞬間。

「――切り捨て御免ッ！」

「なぁっ!?」

復活を遂げたザンソードが、背後から謎女を袈裟切りにするのだった――――！

「ッ、ザンソードはん……いつのまに……！」

地面に倒れ伏す謎女。そんな彼女にザンソードは答える。

「回復系アーツ『座禅』というものを使わせてもらった。まぁ上半身だけで伏した状態を、座っていると呼んでいいのかは知らんが……それはともかく」

そこで言葉を切り、彼は視線を鋭くさせた。

「――なぜここにいるのだ、キリカ。『戦国六道オンライン』のトッププレイヤーともあろう者が」

「ッッ……！」

ザンソードの問いかけに、キリカというらしい女は答えない。

されど瞳を憎悪に染め上げ、これ以上ないほど恨めしそうな表情を浮かべるのだった。

「おいザンソード……何がなんだかわからんが、そいつはお前の知り合いってことでいいのか？　んで、さっきから言ってる『戦国六道オンライン』ってなんなんだよ？　置いてけぼりは寂しいぜ」

「ああ、すまぬ。『戦国六道オンライン』というのは、ＶＲＭＭＯ時代の初期に出た対人戦特化型ゲームの名でな……」

ザンソードは概要だけを掻《か》い摘《つま》んで話してくれた。

――舞台は戦国。プレイヤーは奈落から常世に逃げ出した亡者という設定で、最初に餓鬼道や修羅道など、どこの苦界を潜《くぐ》り抜けた亡者か選び、それに合った能力を得るらしい。

そして、他の亡者《プレイヤー》を殺すことによって存在強度……つまりはレベルを上げるわけだ。

「――これが面白いシステムでな。敵プレイヤーを殺害した者は、そのプレイヤーのレベルを全て吸収することが出来るのだ」

「な、なんだそりゃ⁉　じゃあ初心者が一発でトッププレイヤーになれる可能性があるってか？」

「そういうことだ。それゆえ一応はモブモンスターが用意されていたものの、誰もがチマチマとした経験値稼ぎなどせず、格下狩りや格上への集団的強襲を楽しんでおったよ。まさに亡者のごとく、な」

うわー……すげぇ殺伐としたゲームだな。

そんなところの出身なら、そりゃキリカって女も息するように奇襲してくるわけだ。

「やばいゲームだけど、ちょっと面白そうだな……！」

「ああ、面白かったとも。ただ――一度の死で全てを失うシステムは、長期でやるにはあまりにも疲れる。

それゆえ、引退者が続出してな。やがて拙者も新たな戦場を求め、このブレスキに流れ着いたというわけでござる」

はえ～……ネットゲーマーにも経緯ありだな。

そういえばザンソードのヤツも、いきなり奇襲してきたっけか。しかも距離を空けることが難しい洞窟内で襲ってくるとか、他の弓使いなら普通に死んでたぞオイ。

「よく考えたらお前、奇襲してきたキリカのこと責められないよな。薄暗い中で斬りかかってくるとか普通にやばくね？」

「むっ、仕方なかろう！　あの時の拙者は亡者度が高かったのでござるッ！」

「亡者度ってなんだよ」

なんか謎のワードが飛び出してきたんですけど……！

そうして俺がどういう意味やねんと首を捻《ひね》った時だ。地面に伏しているキリカが、「何が新たな戦場を求め、や！」と吼《ほ》え叫んだ。や！（可愛《かわい》い）。

「ザンソードはん、アンタは結局逃げただけやないかっ！　こんなほんわかしたゲームで美少女プレイヤーとイチャコラして、アンタの亡者度も地に落ちたなぁ！」

「亡者度ってなんだよ」

あと美少女プレイヤーじゃねえから。イチャコラもしてねえから。

「アンタは黙っときッ。――せやからザンソードはん、ウチはやってきましたえ。亡者オブ亡者の身でありながら『戦国六道オンライン』を捨てたアンタを始末するために、ここの運営の勧誘に乗ってなぁ……！」

「勧誘、だって……!?（あと亡者オブ亡者ってなんだよ!?）」

――かくして俺が困惑する中、キリカの全身から赤黒い波動が放たれた！

たまらず後退させられる俺とザンソード。そして次の瞬間、彼女はふわりと宙に浮き上がり――！

・ワールドニュース！
ただいま0時より、イベント【異世界からの襲撃者】を開始します！

ユーリさんとザンソードさんが、『修羅道のキリカ』と遭遇しました！

これより、刺客プレイヤーとの公開決戦を開始します――！

「なんだと!?」

　上空に表示されるメッセージと巨大ウィンドウ。

　そこには刃を構え合う、俺とザンソードとキリカの姿が映っていた――！

「イベント【異世界からの襲撃者】……刺客プレイヤーとの、公開決闘だって……!?」

「そうや！　アップデート時のメッセージであったやろ!?　上位レベルのプレイヤーに向け、刺客が放たれるってなぁ！」
　ッ、アレのことか――！
　てっきり特殊なモンスターでも放ってくるのかと思ったが、まさか別のゲームからトッププレイヤーを呼び出すとは思わなかったぜ。運営も思い切ったことしやがる。

「ちなみにウチらはボスキャラとして、運営から特別なアバターを与えられとる。たとえば、こんなことが出来たりなァーーーッ！」

　パンッと手を打ち合わせるキリカ。その刹那、俺とザンソードの周囲に無数の召喚陣が現れ、何百体もの骸骨武者たちがそこから這《は》い出てきた――！

「なっ、これは『滅びの暴走召喚』!?　アイツもサモナーのジョブなのか!?」

「いいやッ、少し違うぞユーリよっ！　これは『戦国六道オンライン』において、高レベルの修羅道亡者のみが使える奥義だ……！」

困惑しながら語るザンソード。

なるほど……たしかに『滅びの暴走召喚』は、呼び出せるモンスターは百体までだからな。なのにキリカは、ざっと六百体近い数を呼び出してやがる。

それに骸骨武者なんてモンスター、今のところ見たことがない。

「特別なアバターってのはそういうことか。つまり刺客プレイヤーは、別のゲームの力が使えるってわけだな？」

「フフッ、理解が早いなぁお嬢さん。正解や。――ちゅーわけで、二人仲良く嬲《なぶ》り殺しになってまえーッ！」

キリカの叫びと共に、何百体もの骸骨武者が一気に襲い掛かってきた――！

『ガガガガガガガガッ！』

剝《む》き出しの顎を震わせながら迫る地獄の武者ども。

ああ、ものすごい数だ。骨だけとなった亡者たちが刀を振り回しながら飛びかかってくる光景は、一般人なら間違いなく身が竦《すく》んでしまうことだろう。

だがしかし、

「つい先日、数万人のプレイヤーに襲われたばっかでなぁ。これくらいどうってことないんだよぉ――！」

武者どもに吞《の》まれる刹那、巨大召喚陣を足元に描く。

そして次の瞬間、俺とザンソードを肩に乗せる形で、全長百メートルの巨大モンスター『ギガンティック・ドラゴンプラント』を召喚させたのだった——！

『グガァーーーーーーーッ！』

『ガガガガガガガァァアアアアッ!?』

天へと伸びた竜樹の巨体に、骸骨武者どもは弾《はじ》き飛ばされる。

どうやら数はすごいが耐久力は低いらしく、ただそれだけで多くの者がバラバラの骨となって消え失《う》せた。

「さぁギガ太郎、異世界からのお客さんに一発かましてやろうぜぇ！」

『グガガーーーーーーーーーッ！』

俺の言葉を受け、ギガ太郎の七つの花弁が光り輝く。

かくして次瞬、ゲーム内最強クラスの必殺技『ジェノサイド・セブンスレーザー』が修羅の女に向かって放たれた——！

だが、

「舐《な》めんなやぁッ！　オンキリキリバサラウンバッタッ——魔の力を以《もっ》て魔を祓《はら》え！　修羅道呪法『斬魔の太刀』ッ！！！」

キリカが叫ぶと、その刀身より地獄の光が溢《あふ》れ出した——！

そして眼前に構えるや、ギガ太郎の『ジェノサイド・セブンスレーザー』を真正面から受け止めてみせたのだ！

「アハハハハッ！　こんなんまったく効かへんわーッ！」

勝ち誇ったように笑うキリカ。

実際、全てを滅するはずの魔力光は彼女の刀身に触れた瞬間に真っ二つに裂け、傷一つ付けることすらできない。

「なるほど、魔法を無効化するアーツってところか……！」

便利な技を使いやがる、ブレスキにも実装して欲しいところだぜ。

そうして攻撃を凌《しの》がれること数秒。巨大召喚獣は十秒程度しか実体化できないという縛りにより、ギガ太郎は『ググァ～……！』と無念そうな声を上げながら徐々に消えていく……！

――だけどっ、

「ザンソード！」

「うむッ！」

キリカが魔力光の防御に集中する中、すでに戦友は行動に移っていた！

全身を蒼《あお》き炎で包む奥義『アルティメット・ファイヤ・エンチャント』を発動し、火の鳥のように彼女へと斬りかかる――！

「さぁキリカよ！　この世界で磨き抜いた我が刃、受けてみよッ！」

「望むところやァーッ！」

ガギィイイイインッという音を響かせ、空中でぶつかり合う二人。

ザンソードの纏《まと》った高温の炎がキリカを焼くも、それでも彼女は笑顔だった。まさに傷付くことこそ本望だとばかりに。

「カァーッ、近づいた敵を常時焼き続ける付与呪法かッ！　えぇなぁそれッ、このヌルゲーにもいい技あるやんッ！」

「あぁそうとも！　そしてこの世界にも、おぬしを仕留められるほどの亡者はいるッ！」

「おらへんわそんなんっ！」

唸《うな》り声《ごえ》を上げるキリカ。そうして彼女が、ザンソードを押し切るべく全力を発揮した
――その瞬間、

「いいや、いるさ。拙者を二度も打ち負かした、亡者を超える魔王がな――――！」

そこで、ザンソードは一気に力を抜いた。

それによってキリカに押し切られ、舞い散る木の葉のように夜空から落ちる。

「はっ、な、なんで――」

虚を突かれたことで戸惑うキリカ。

そこで彼女はハッと俺のほうを見るが、もう遅い――！

「悪いが、準備は整えさせてもらったぜ」

飛行型の使い魔『バニシング・ファイヤーバード』を足場にしながらキリカに告げる。

俺は両手に剣を握りながら、スキル【武装結界】を発動することで七つの大剣を背後に展開させていた……！

これまでであれば弓を握っていなければ【武装結界】は使えなかったのだが、

「よく考えたら手に持つ必要もなかったってな。なぁ、ポン十一郎？」

『キシャァ～ッ！』

宙に浮きながら唸る『初心者の弓』。

そう、俺は手にした双剣と同じく、シャドウ・ウェポンの一体を弓に移していたのだ。

ポン一族の宿った武器はファイヤーバードなどと同じく、【飛行】の特性を得るからな。

これで合計九本。九つの切っ先がキリカに向くことになったのだが、彼女は「ハンッ！」とせせら笑う。

「なんや、全然大したことあらへんやないかっ！　動画で見たから知っとるで。アップデート前は何十本も武器を飛ばしていたのに、ずいぶんと貧相なことになったやないか！」

地獄の炎を噴き上げるキリカ。長刀を握り、俺へと一気に高速で迫る――！

「ボケカスがァッ！　そんなんでウチを倒せるかァーッ！」

──あぁ、たしかにお前の言う通り、ずいぶんと数は寂しくなったさ。
だけどッ、
「だったら、一本一本の攻撃力を何倍にも跳ね上げればいいってなぁ！　アーツ発動
『シャイニング・アロー』！！！」
「なッ!?」
かくして放たれる、極光を纏った剣の群れ。
九つ同時のアーツ攻撃という新必殺技が、驚くキリカを呑み込んだのだった──！

# 第四十三話『ダークネスソウル・オンライン』

「――まったく。相変わらずおぬしは意味のわからん新スタイルを思いつくな」

「へへっ、カッコよかっただろ？」

戦いを終えた後、俺とザンソードは夜桜の森へと降り立った。

いやぁ、一時はどうなることかと思ったけど勝ててよかったぜ。

「よぉ修羅女、気分はどうだ？」

そう言って俺は、地面へと落下したキリカに目を向けた。

その身体《からだ》には九つの大穴が空いており、すでに光の粒子となって消え去ろうとしていた。

「くそっ……気分なんて最悪に決まっとるやろ……！　ていうか何やあの技っ、もう剣技ですらあらへんやん……！」

「うるせぇ、勝てれば何でもいいだろうが」

「ぬぬッ!?　も、亡者度高い回答しおって……！」

忌々しげにこちらを見てくるキリカ。

あ、この『手段を選ばず勝ちを求める度合い』を亡者度っていうのね。それなら俺も自信あるな。

「異世界の技ってやつ、かなり楽しかったぜ。今度はサシで殺し合おうや？」

「っ……はぁ。殺し合いの終わりに次の殺し合いの話をするとか、どうしようもない人やなぁアンタは。

ええわ、認めたる。アンタも立派な亡者やで、ユーリはん……！」

最後までこちらを睨《にら》みつつも、ほんのわずかに微笑を浮かべるキリカ。

それと同時に彼女の身体が砕け散り、俺の目の前にメッセージが表示される。

・ワールドニュース！　異世界からの襲撃者『修羅道のキリカ』を倒しました！
ユーリさんは特殊イベント限定アイテム『修羅の赤布』を獲得しました！
※一定期間中、異世界からの襲撃者たちはハイレベルプレイヤーを襲い続けます。
今後もご注意ください。


「よーし、なんか知らないけど見たことないアイテムゲットだぜ！」

「むッ、マジでござるか!?　拙者にはないのだが!?」

「倒したやつ限定なんじゃね？　つーか知り合いの女が目の前で死んだのに、第一声がそれなのかよ」

まぁ死んだっつってもゲームだから別にいいんだが、もう少し別の言葉とかなかったのかよ。

なんかキリカのやつ、お前のことを追ってこのゲームに来たっぽいのに。

「アイツとは飽きるほど殺し合ったから別にどうでもいいでござる！　それよりもユーリよッ、限定アイテムを賭けてバトルだ！」

「うわぁ～亡者度たけー」

そうして俺が、「やっぱ本場の亡者は違うわー」と呆《あき》れ半分に呟《つぶや》いた……その時。

「──あらあら。キリカさんってば、どうしようもない人に惚《ほ》れちゃってるみたいね」

クスクスと笑う少女の声が、夜桜の下に響き渡った。

俺とザンソードがハッと声のしたほうを見ると、そこには小柄な肢体をゴシックドレスに包んだ銀髪の少女が。

どことなくグリムに近い恰好《かっこう》をしているが、あの子と違って女性らしい部分はツンと出ており、さらに腰からは悪魔のような翼が生えていて……！

「悪魔の羽って、そんなアバター作れたっけ――って、まさか!?」

・ワールドニュース！
ユーリさんとザンソードさんが、『逆鱗《げきりん》の女王アリス』と遭遇しました！

これより、刺客プレイヤーとの公開決戦を開始します――！


「っ、やっぱり別ゲームからの襲撃者かッ！」

「えぇご明察。――私の名はアリス。騎士と魔人が殺し合う世界『ダークネスソウル・オンライン』のトッププレイヤーよ。そして……」

アリスと名乗った少女は、片手に赤い本を出現させる。

さらにもう片方の手をこちらに向けると――、

「そして、アナタたちをこれから抹殺する者よッ！　さぁ消えなさいッ、暗黒呪文『ダークネス・ブレイカー』666連発動――！」

「はぁッ!?」

声を上げた時にはもう遅かった――！

暗黒の破壊光が一気に迫り、俺とザンソードの目の前が闇に覆いつくされる！

「な、なんでござるかこれは!?」

「ッ、盾よ！」

俺は咄嗟《とっさ》にザンソードの前に立ち、【武装結界】を発動させる。

それによって襲撃を吸収する七枚の盾装備を呼び出すも――、

・耐久値限界！『鋼の盾』が損壊しました！
・耐久値限界！『銀の盾』が損壊しました！
・耐久値限界！『金の盾』が損壊しました！

「ッッッ、駄目だっ、攻撃が激しすぎるッ!?」

ガガガガガガガッッッッッッといううけたたましい音を立て、三枚の盾が数秒も持たず砕け散ってしまう！

くそっ、攻撃の密度が高すぎる！　なんだよ666連発動って!?

「やられてたまるかッ！　防御系アーツ『閃光障壁《せんこう》』発動！」

光り輝く四枚の盾。俺は攻撃を凌《しの》ぐべく、防御性能を上げるアーツで残りの盾を強化した。

しかし！

・耐久値限界！『正義の盾アルテナ』が損壊しました！
・耐久値限界！『邪悪の盾ギアルガ』が損壊しました！

６６６の破壊光はあまりにも激しく、さらに二枚の盾が消失してしまう――――！

チクショウッ、だったら！

「『閃光障壁』『閃光障壁』『閃光障壁』『閃光障壁』ッ！　そっちが魔法の多重攻撃なら、こっちも多重防御で対抗してやる――ッ！」

俺はがむしゃらにアーツを使い、二枚の盾を極限まで強化していく！

「『閃光障壁』『閃光障壁』『閃光障壁』『閃光障壁』！　閃光ッ、障壁ィイ――――――――――――――――ッ！！！」

破壊光の中で輝きを増していく二枚の盾。

そのうちの一枚の盾がバキリと砕け、闇の波動に吹き飛ばされていくが――やがて、

「……まぁ、ビックリだわ。まさか私の攻撃を初見で凌ぎ切るなんて」

耳朶《じだ》へと響く、襲撃者の心底驚いた声。

そう――俺は六枚の盾と大量のMPを消費することで、どうにかあの意味わからん攻撃を防ぎきったのだった……！

おかげでもうMPは空っぽだ。ここからはアーツに頼れない。

「はぁ、はぁー……！　どうだ、ロリっ子め……！」

「ロリっ子って……私、一応リアルじゃ大人なんだけど……」

頬を掻《か》きながら苦笑いするアリス。

そりゃ驚きだぜ。VR世界では精神への影響を考慮して、顔付きはリアルと同じものじゃないといけないんだがな。

お前どう見ても小学生くらいの顔じゃないか。アバターの身長も130センチくらいしかないし。

――ま、それはともかく。

「騎士と魔人が殺し合う世界、『ダークネスソウル・オンライン』だったか。そいつのシ

ステムは知らないが、所詮は同じオンラインゲームなんだ。

あれだけの魔法攻撃が出来るってことは、他のステータスを犠牲にしてるんじゃないか？」

「……えぇそうよ。私は魔法特化のステータスを持つ『悪魔族』の魔人。接近されたらカブトムシにも負ける自信があるわ」

「そうかよッ――だったらこれで詰みだ！」

俺は双剣を召喚すると、アリス目掛けて一気に駆けた！

そしてその細い首に向かい、刃を叩《たた》きつけんとした――その刹那、

「はぁ残念。ごめんね騎士様、後は頼んだわ」

「ああ、任せるがいい――！」

次の瞬間、ガギィイイイインッ！　という音を立て、俺の双剣が手から弾《はじ》かれる！

「なっ……!?」

そこでようやく、俺は気付いた。

「ごきげんよう、巷《ちまた》で噂《うわさ》の魔王様」

俺の目の前に、白髪の女が立っていたのだ……！

竜を想《おも》わせる黄金色の瞳に、銀の宝冠《ティアラ》と純白の姫鎧《ドレス》。さらにその手に執られた柄《つか》までも白い〝光の剣〟が、月明かりを受けて美しく輝く。

そして、

・ワールドニュース！
ユーリさんとザンソードさんが、『暁の女神ペンドラゴン』と遭遇しました！

彼女は刺客集団を統べるボスプレイヤーです。遭遇から20分以上生き残るか、一定ダメージを与えた時点で経験値とアイテムが発生します。

これより、ボスプレイヤーとの公開決戦を開始します――――！


「って、また刺客かよッ!? しかもここにきてボスが出てくんのかよーーーーッ！」

あーもう滅茶苦茶《めちゃくちゃ》だッ！　こっちは連戦で疲れてるってのに、一番強いやつが出てくるとかありかよっ！

「フフフフフ……キミも大変な立場だねぇ、ユーリくん。まぁ頑張って戦ってくれたまえ。私は人間の頑張る姿が大好きだからね」

「って疲れてるところにノコノコ出てきてほざいてんじゃねーよッ！」

偉そうに笑うボスプレイヤーを睨《にら》みつける！

――コンチクショウッ、こうなったらやってやる！

これまでだって色んな強敵をぶっ倒してきたんだ。ここで逃げたら男が廃《すた》るぜッ！

「覚悟しろよペンドラゴンッ！」

かくして俺が、新たな双剣を両手に呼び出そうとした――その瞬間、

「遅い」


――光の剣閃《けんせん》が目の前を走る。

そして吹き出す大量の鮮血。気付けば俺の両腕は、宙を舞っていたのだった……！

「なっ……!?」

――いいや、両腕どころではなかった。

〝斬られた〟と認識した時にはすでにペンドラゴンの刃はさらに一閃《いっせん》振るわれており、切断された俺の足がばたりと地面に倒れたのだった。

「は――は？」

遅れて落ちゆく上半身。地上にいながら地に落ちていくという、未知の感覚に晒《さら》される。

だがしかし、目の前の女は四肢を切っただけでは満足せず、剣を引きながら姿勢を低くし――――！

「――呆《ほう》けている場合かァッ！　さぁユーリくんッ、私を満足させてみろォオオーーーーーーッ！」

咆哮《ほうこう》と共に、幾重もの突きが放たれたッ！

ペンドラゴンは超高速で疾走しながらひたすら刺突を繰り返し、俺の全身をグチャグチャにしていく！

ああ、もはや地面に落ちることさえ叶《かな》わない！　一秒ごとに光の剣が何発も肉を抉《えぐ》っていき、まるで流星群にでも巻き込まれているかのような衝撃を味わう――――！

「ぐああああああああああーーーーーーーーーーーッ!?」

---

スキル【執念】発動！　致命傷よりHP1で生存！　スキル【執念】発動！　致命傷よりHP1で生存！
スキル【執念】発動！　致命傷よりHP1で生存！　スキル【執念】発動！　致命傷よりHP1で生存！
スキル【執念】発動！　致命傷よりHP1で生存！　スキル【執念】発動！　致命傷よ

---

りＨＰ１で生存！　スキル【執念】発動！　致命傷よりＨＰ１で生存！　スキル【執念】発動！　致命傷よりＨＰ１で生存！　スキル【執念】発動！　致命傷よりＨＰ１で生存！　スキル【執念】発動！　致命傷よりＨＰ１で生存！　スキル【執念】発動！　致命傷よりＨＰ１で生存！　スキル【執念】発動！　致命傷よりＨＰ１で生存！　スキル【執念】発動！　致命傷よりＨＰ１で生存！　スキル【執念】発動！　致命傷よりＨＰ１で生存！　スキル【執念】発動！　致命傷よりＨＰ１で生存！　スキル【執念】発動！　致命傷よりＨＰ１で生存！　スキル【執念】発動！　致命傷よりＨＰ１で生存！　スキル【執念】発動！　致命傷よりＨＰ１で生存！　スキル【執念】発動！　致命傷よりＨＰ１で生存！　スキル【執念】発動！　致命傷よりＨＰ１で生存！　スキル【執念】発動！　致命傷よりＨＰ１で生存！　スキル【執念】発動！　致命傷よりＨＰ１で生存！

スキル【執念】発動！　致命傷よりHP1で生存！　スキル【執念】発動！　致命傷よりHP1で生存！


一瞬遅れて目の前に表示される大量のメッセージ。

不運なことに、『幸運値極振り』を選んでしまったため死ぬことさえも許されず、俺の視界は電子表示と舞い散る自分の血と肉でいっぱいとなった。

ああ、もはや俺の力だけではこの状況を打開できない。頼みの綱があるとすれば、ザンソードだけだが――、

「あぁごめんなさい。アナタを助けに行こうとしてたから、殺しちゃったわ」


――少女の声が絶望を告げる。

剣閃の中でペンドラゴンの真後ろを見れば、そこには黒焦げたザンソードの死体と、冷たく笑うアリスの姿があった……！

その光景に、俺は全てを理解する。

〝あ――終わったな、こりゃ〟

脳裏を過《よぎ》る敗北の二文字。
バキリという音を立て、俺の闘志は粉々に砕け散ったのだった――。

# 第四十四話　終幕の一撃

　戦いの直前、ペンドラゴンは俺にこう言った。

　――『キミも大変な立場だね』、と。

　その一言でだいたい察しがついてしまう。

〝あぁ、なるほど。トッププレイヤーたちがボスラッシュを挑んできたのは、運営の差し金か……〟

　そうでなければこんな不幸があって堪《たま》るか。

　今や『ブレイドスキル・オンライン』には何万人ものプレイヤーがいるんだ。刺客プレイヤーの殺害対象となる高レベルプレイヤーは何千人といるだろうし、何よりこの世界は無駄にだだっ広く作られている。

　なのに襲撃イベントの開始直後に三人の刺客とエンカウントして、そのうち一人はボスクラスだというのだからもう笑えない。

　運営が俺を襲えと命令を出しているのは明白だった。

〝ははは……運営《カミサマ》に目をつけられたのが『運の尽き』ってか？〟

　アップデートによる弱体化からこの仕打ちとかマジでふざけんなよ……！

新しいバトルスタイルを思いついてなかったら、キリカの時点で詰みだったわ。

〝くそっ、くそっ……これまで、ゲームでも……リアルでも……不幸だからこそ負けん気だけは発揮して、頭を回して頑張ってきたのに……今度こそ勝てねぇよコンチクショウ……！〟

思わず涙が出そうになる。

あぁ、たしか公開決闘という方式だったか。だったら今やゲーム中で、俺のボコられる姿が配信されているのだろう。まさにネットの晒しモノだ。

〝ははっ……俺がただの一般プレイヤーなら見ないヤツもいただろうが、今の俺は『魔王ユーリ』。自惚《うぬぼ》れじゃないが、どいつもこいつも見やがるだろうさ……〟

これまでの俺の上がり調子が今日のための前振りだとしたら、もう最悪すぎて吐きそうだ。

――そうして俺が嘆いている間にも、『暁の女神ペンドラゴン』はさらにさらにと剣速を上げていく。

そのたびに俺を襲う衝撃と、目の前に現れる『HP1で耐えました』というメッセージ。

あぁ、くそっ……こっちはもう抵抗する気力すらないっていうのに、こんなの嬲《なぶ》り殺しじゃねえか……！

「さぁて噂《うわさ》の魔王様。食いしばりスキルもそろそろハズレが出る頃かな？　それとも、キミの意識が飛ぶのが先かな――ッ！」

狂笑を浮かべるペンドラゴン。彼女は空いた片手で打撃攻撃まで加えはじめ、俺の頭を揺さぶっていく――！

それによって視界が激しく乱され、そして――。

※警告：意識レベル急低下中。ただちに回復の見込みがない場合は身体《からだ》に異常が起こっていると判断し、強制ログアウトさせます。ログアウト処理まで、10……9……8……

「ぁ……」

眼前に現れる赤きシステムメッセージ。

そう。ペンドラゴンはただ戦闘力が高いだけでなく、ＶＲゲームの安全機能を利用したルール外勝利戦法まで取ってきたのだ。

「ぁ、ぁ……」

あまりにも容赦がなさすぎる。とっくに詰んでる状態なのに、さらに駄目押しされたら終わりだ。

「あ……ぁ……ッ！」

もはや望みは完全に断たれ、勝つ可能性はゼロとなった。

もう、誰がどう見たって終わりの状況なのに――なのにッ！


「ッッッッ――ただで負けてッ、堪るかオラァァアアーーーーーーーーーッ！」


胸の奥から再び闘志が湧き上がるッ！

ペンドラゴンの打った駄目押しが、俺に力を与えてくれたッ！！！

「な、なんだいきなり……!?」

俺の叫びにわずかに戸惑うペンドラゴン。

まぁそりゃぁ驚くだろうさ。詰みの一手を打った瞬間、相手が元気になり始めたらなぁ！

だがしかし、お前の一手が〝負けたくない〟という気持ちを蘇《よみがえ》らせてくれた！

あぁ、だってその戦法は、俺の最強で最高なライバル・スキンヘッドがやってきたものなんだからなーーーッ！


**『負けんなよ、ユーリッ！　オメェを倒していいヤツは、このオレ様だ**

けなんだからなぁ！』

脳裏で宿敵がニッと笑う！

アイツの存在を思い出した瞬間に、絶望なんて吹き飛んだ！　止まりかけていた俺の思考が、音速の猛回転を開始する――！

「ぽっと出のお前なんかにッ、殺されるかァアアアアーーーーッ！」

「くっ、手も足もない状態で何を――！」

驚きつつも剣速を緩めないペンドラゴン。

彼女は咄嗟《とっさ》に俺の口内を剣で貫き、発声すらも出来ないようにさせる。これで発動宣言しなければならないアーツやスキルは完全に使用不可となった。

だがしかしッ、

「まッ、だッ、だ《ら》ッ、だ《ら》ァアアアアアアーーーーーーーッ！」

俺は屈伸するような要領で唯一動く首を倒し、自分からペンドラゴンの剣を咥《くわ》え込んでいった！

かくして彼女の刺突の勢いと合わせ、柄《つか》の部分まで俺の口に差し込まれた――その瞬間ッ、

「ふんぎーッッッッ！」

「はぁッ!?」

俺は剣を握るペンドラゴンの手に、思いっきり噛《か》み付いた！

そして発動する衝撃大増幅スキル【魔王の波動】。それは『咬撃《こうげき》』という上下からの力の逃げ場のない一撃とすさまじく相性がよく、ペンドラゴンの手の一部を見事に噛み千切ったのだった――――！

ああ、それによって純白の剣は彼女の手から落ち、俺が噛みながら『身に付けている』という状態になったことで――、

※重大なエラー！：『創世剣エクスカリバー』は限定イベント用ゲストアバター専用装備です！　一般のプレイヤーは装備できません！

――――！

「はははははッ！　しょぉくりゅよなーっ！（そう来るよなーッ！）」

次の瞬間、激しい衝撃が発生して俺の身体は何十メートルも後方にぶっ飛んでいく

さぁて、ようやく攻撃から抜け出せたな。まさに予想してた通りだよ。

元々、装備不可の武器を身に付けた時には武器がぽーんっと飛んでっちまうシステムなんだ。

ならば、プレイヤーが空中に浮いている時にそれが起きたら？　そのプレイヤーが手足を失って血も流しまくって体重が欠けていたら？　状態によっては、システムによって弾《はじ》かれた衝撃は決して馬鹿にならないんじゃないだろうか？

さらに今回は武器が武器だ。【異世界からの侵略者】という、別のゲームの能力を再現した特殊アバターたちの装備。

そんな一般プレイヤーに奪われるわけにはいかない大切なモノに対し、『どっかの誰かに重要ＮＰＣを抹殺されたことのある運営』は、ぽーんっと抜けちまう程度の衝撃を設定しているもんかね？

――答えは否だ。この通り、過保護なまでに激しい拒絶プロテクトがかけられていたおかげで、俺は死の連撃から逃れることが出来た。

そして、

「【きんッ、だんッ、しょうッかん】ッ！」

一言一句、傷付いた舌を全力で動かすことで、召喚術式を成立させる――！

さぁ現れろ、雷火を纏《まと》った悪《あ》しき魔狼《まろう》よ。俺に代わって吼《ほ》え狂え――ッ！

「『キメラッ、ティックッ、ライトニングッ、ウルフ』！」

『ワォオオオオオオオオオオオオオオオオオオオオオーーーーーーーーーーーーンッッッ！！！』

舞い散る桜を焼き焦がす雷光。俺の闘志に応え、最凶最速の使い魔が次元の果てより現れたのだった！

『ガァアアアアアアーーーーーーーーーーーッ！』

咆哮《ほうこう》を上げながら、ライトニングウルフは一気に駆け出した——！

そのスピードはまさに雷速。主君である俺のレベルが上がったことでコイツもまた強化されており、コンマ０秒でペンドラゴンに迫る！

「ッ、そいつは!?」

剣を構えつつ、しかし彼女は咄嗟に避けた。

——まぁそうすると思っていたさ。ライトニングウルフには、接触することで発動する『麻痺《まひ》効果』があるからな。

この女はスキンヘッドと同じ戦術を取ってきたのだ。動画などによって俺の戦法や使い魔のデータを調べ上げていることは明白だった。

だがこれでいい。

……だって俺の狙いは、後方で俺に魔法攻撃を仕掛けようとしているアリスなんだからなぁ——！

『ガァアアアッ！』

「えッ――きゃあッ!?」

そして見事に狙い通り、可愛《かわい》い魔狼は超高速で彼女に迫り、小さな身体を噛み砕いたのだった――！

・ワールドニュース！　異世界からの襲撃者『逆鱗《げきりん》の女王アリス』を倒しました！

ユーリさんは特殊イベント限定アイテム『魔人の黒布』を獲得しました！

ハッ、どうやら近づかれたら終わりっていうのは嘘《うそ》じゃなかったらしいな。

なにせ666連魔法とか意味わからんことをやってきたのだ。おそらくは俺と同じく、HPまで犠牲にするようなピーキーなスキルや装備を身に付けているのだろう。また会う機会があったら話してみたいもんだ。

そうしてアリスが消え去る姿を見送ったところで、俺はようやく地面に落下した。

ほぼ上半身だけなため受け身など取れるわけもなく、草木の上をズザザと滑る。いてぇ。

「はぁ……カッコ、つかねぇなぁ……」

月と夜桜に見守られる中、俺は自嘲気味に呟《つぶや》いた。

まぁここらへんが限界だろう。ＭＰは切れてるし手足はないし喋《しゃべ》りづらいし疲れたし、もう戦う気力なんてこれっぽっちも残ってない。

さらに首をわずかに上げてみると、めっちゃキラキラした笑顔でこちらに向かって爆走してくるペンドラゴンの姿が。

「ワハッ！　ワハハハハハハハハッ！　ワハハハハハハハハハハハハハハハハハハハハハハハハハハハハハハハハハハッ！　あぁユーリくんっ、やってくれたな！　あの状況からアリスを仕留めるなんて思わなかったッ！」

そんなことを嬉《うれ》しそうに言いながら飛びかかってくる。

ははっ、満足いただけたようで何よりだぜ。結局お前には勝てそうにないなぁ。

ああ——だけど、

「負けるつもりは、さらさらねぇ、よ！　【禁断、召喚】——！」

ペンドラゴンにやられる直前、俺は最期の召喚呪法を発動させる。

——さぁ現れてくれ、闇の地獄鳥。この戦いに決着をつけろッ！

「来いッ——『ジェノサイド・ファイヤーバード』ッッッ！」

『ピギャァァアアアアアアアーーーーーーーーーーーーーッ！！！』

ここに羽ばたく邪炎の双翼。

俺は、自らの身を焼くほどに燃える火の鳥を、自身の頭上へと召喚したのだった――！

そして、

「俺に向かって、堕《お》ちてこいッ！」

「なっ!?」

目を見開くペンドラゴン。咄嗟にその場から退避しようとするが、させるかよ。

「マーくん」

『ツッツ――！』

次の瞬間、彼女の綺麗《きれい》な横顔に俺の足が飛び蹴りをかました！

そう、俺のブーツには憑依《ひょうい》モンスターである『アーマーナイト』が宿っているからな。

切断された場所からここまでピョンピョン必死に跳ねてくるのが見えていた。

まぁ、ダメージはほぼないだろうが……しかし。

「ぐぁっ――ッ、しまっ……!?」

横合いからの予想外の攻撃。それに意識を割かれたことで、ペンドラゴンは逃げ足を一瞬止めてしまう。

その一瞬の間に、『ジェノサイド・ファイヤーバード』は準備を終えていた……！

『ピッッッギャァアアアアアーーーーーーーーーーッ！』

ゴォオオオオオオオオオオオッという音が出るほどに全身の邪炎を滾《たぎ》らせ、こちらに向かって堕ちてくる地獄鳥。

あぁそうだ、それでいいんだよファイヤーバード。どうか俺をぶっ殺してくれ。そこの好き勝手してくれた女ごと、全部燃やして灰へと変えろ！

「俺は、負けねぇ。負けるくらいならッ、死んでやらァーーーッ！」

「ッ、ユーーーーーーリーーーーーーーーーーッ！」

かくして巻き起こる大爆発。

月光の照らす夜桜の森に、終滅の一撃が炸裂《さくれつ》したのだった――――！

・ワールドニュース！
ユーリさんが、ボスプレイヤー『暁の女神ペンドラゴン』に大ダメージを与えました！

ユーリさんは特殊イベント限定アイテム『聖騎士の金布』を獲得しました！


状態異常：アナタは延焼状態になりました！

毎秒、最大ＨＰより１％のダメージが発生します。

スキル【執念】発動！　致命傷よりＨＰ１で生存！　スキル【執念】発動！　致命傷よりＨＰ１で生存！　スキル【執念】発動！　致命傷よりＨＰ１で生存！　スキル【執念】発動！　致命傷よりＨＰ１で生存！　スキル【執念】発動！　致命傷よりＨＰ１で生存！　スキル【執念】発動！　致命傷よりＨＰ１で生存！　スキル【執念】発動！　致命傷よりＨＰ１で生存！　スキル【執念】発動！　致命傷よりＨＰ１で生存！　スキル【執念】発動！　致命傷よりＨＰ１で生存！　スキル【執念】発動！　致命傷よりＨＰ１で生存！

スキル【執念】発動！　致命傷よりＨＰ１で生存！

スキル【執念】——発動、失敗。アナタは死亡しました。

**【異世界からの襲撃者】上級者用雑談スレ　１１３【強すぎィ！！！】**

---

**1. 駆け抜ける冒険者**

ここは上級者プレイヤー用の雑談スレです。

便宜上、レベル50を超えてセカンドジョブを獲得した者を上級者として扱います。

効率よく強くなるために、ここでアドバイスを出し合って協力していきましょう。もちろん初心者プレイヤーからの質問もオーケーです。みんな仲良くいきましょう。

次スレは自動で立ちます。

前スレ：http:// ＊＊＊＊＊＊＊＊＊＊

**183. 駆け抜ける冒険者**

よぉお前ら、生きてるかぁ・・・？

**185. 駆け抜ける冒険者**

>>183
【悲報】レベル50になったばっかのわい、刺客に狩られて無事死亡。

別ゲーのシステムとか使ってきてわけわからん殺しされたし、つか単純につよかったお……

**186. 駆け抜ける冒険者**

昨日の深夜は地獄だったらしいな。

0時からあちこちで襲撃だっけ、俺普通に寝てたわｗｗｗ

**187. 駆け抜ける冒険者**

>>186

笑い事じゃねーよ！　お前しばらくは襲撃イベント続くみたいだから覚悟しとけよ!?

**188. 駆け抜ける冒険者**

報告を聞く限り、めちゃくちゃたくさんのゲームから刺客を引っ張ってきたみたいだな。

有名どころだと、

荒廃した未来世界を舞台にした銃やトラップメインの硬派ゲー【ガン・ハンターズ】

惑星間の戦いを主題としたスペースロマン超大作の【ギャラクティカルーラーズオンライン】

様々な『異世界』を渡り歩いて攻略していくジャンル山盛りの【マルチバースオンライン】

ここらへんからもトップ勢を集めてくるとかマジすげーわ

**189. 駆け抜ける冒険者**

>>188

運営もやべーイベントやりやがったよなぁ
てか各ゲームからトッププレイヤー引き抜くような真似して大丈夫なのかよ？
戦国六道オンラインみたいな内容やばすぎて過疎ってるやつからも引っ張ってきてるし

**190. 駆け抜ける冒険者**
>>189
いやいや、逆にほかのゲーム運営的には渡りに船だろ？

どっかの魔王様のおかげで今世界一盛り上がりまくってるブレスキから話が来たわけだしよ。

んで別ゲーのシステムが使えるってやつも、いいゲーム紹介になるわけだし。

**195. 駆け抜ける冒険者**
>>190
たしかにそうだな。刺客プレイヤーたちの能力を把握するためには、そいつらの出身地のゲームを調べることになるんだから、その過程で興味湧いてくれるヤツもいるだろうしな。

でもそれにしたってすごいよなぁ運営。新進気鋭の若手チームだっていうのに、色んなゲーム会社と話しつけてさぁ。

**196. 駆け抜ける冒険者**

>>195
噂だと運営チーム、あの竜胆さんの後輩だっていうからな。
竜胆さん頼ればコネはいくつでも作れるんじゃね？

**197. 駆け抜ける冒険者**
>>196
りゅ、りゅうたんさん……？

**198. 駆け抜ける冒険者**
>>197
りんどうさんなｗｗｗ
一つ前の世代なら誰でも知ってるだろうけど、世界初のＶＲＭＭＯＲＰＧ【ダークネスソウル・オンライン】を開発したすごい女技術者だよ。

**199. 駆け抜ける冒険者**
>>198
同時にダクソの運営もやってる人だよな。
実際、あそこのトッププレイヤーのペンドラゴンがボスとして呼ばれてるわけだから、このイベントにも関わってんだろうな～

んでペンドラゴンといったらあれだ。昨夜の三番勝負は、やばかったなぁ・・・！

**200. 駆け抜ける冒険者**

>>195
イベント開始と同時に始まった、ユーリちゃんの連続公開決闘な。街で見てたわ。

キリカって女の時点で「これ勝てるか？」ってみんなざわついて、アリスちゃんの時には「こんなん絶対に勝てねぇ！」ってなって、最後のペンドラゴンとかいうやべーやつの時には、もう見てるみんなで「終わったーーーーー！」って叫んでたわｗ

**208. 駆け抜ける冒険者**

>>200
からの、あの無理やりな逆転劇なんだよなぁｗｗｗｗ
全身ボコグチャにされてザンソードもやられた時点で公開処刑みたいなムードになってたのに、よく諦めなかったわユーリちゃん。
まぁ結局はペンドラゴンは生きてたわけだから負けっちゃ負けだけど、限定アイテム手に入れていったあたり流石すぎるわ・・・

**210. 駆け抜ける冒険者**

試合に負けても、勝負には気合いで負けなかった感じだな。

最後は心中攻撃で自分から爆散かまして散っていったし、アイドル顔なのにやることが男らしすぎるだろ・・・

**220. 駆け抜ける冒険者**

>>210

あとなにげに新バトルスタイル身に付けてたよなｗ

あれおかしいよなぁ・・・アーツってひとつの武器でしか出せないんじゃなかったっけ・・・

それに弓使いなのになんで双剣とか持ってるの・・・？

**222. 駆け抜ける冒険者**

>>220

たぶん、75レベルになったことでセカンドジョブのクラフトメイカーをバトルメイカーに進化させたんだろうな。

たしか装備できる武器類が増える能力があったから。

でもアーツについてはわけわかめや・・・

**225. 駆け抜ける冒険者**

>>222

でた、ロマン職業バトルメイカー……！　あの人毎回マイナージョブ取りよるやんｗｗｗ

とりあえずまた検証用のキャラ使って、ユーリちゃんのスタイル追ってみるわ。

まぁ追ってる途中で毎回運営に修正食らって戦えなくなるのがデフォなんだけどなｗｗｗ

**228. 駆け抜ける冒険者**

>>225

ま、なんにせよユーリが負けなくてよかったわ。

俺たちトップ勢のさらに上をいく存在なんだからな。またわけわからん力身に付けて、今度こそペンドラゴンをボコったれ！

**230. 駆け抜ける冒険者**

>>228
おうよ！　あんな熱いバトル見せてくれたんだから、俺たちだって刺客プレイヤーに負けねえぜ！


……ちなみに色んなゲームの刺客プレイヤーのアバターを作る作業ってめっちゃ大変そうなんだけど、運営はずっと前からこのイベントを企画してたのかな？

なんかアップデート後にいきなりイベント始まったんだけど……

**231. 駆け抜ける冒険者**

>>230
計画してたに決まってんだろｗｗｗｗ
何十ものゲームのシステムを再現する作業が一晩で出来ると思ってんのかよｗｗｗｗ

とにかく俺たちもユーリちゃんに負けないくらいに頑張ろうぜ！

※実際の契約風景。

頭ふわふわ運営「というわけでコラボ企画みたいなことやりたいんすけどぉ～」
各ゲーム会社「ほーん、こっちにとっては宣伝になるしええやん。で、いつから？」
技術ビキビキ運営「明日っ！」
各ゲーム会社「明日ッッッ!?」

# 第四十五話　さらなる高みへ！

「うぃ〜っす、邪魔するぜー！」


ボスラッシュを食らった日の翌日。

元気にログインした俺は、『絢爛《けんらん》都市・ナカツクニ』にある居酒屋を訪れていた。

何やらザンソードから呼び出しのメールが届いていたためやってきたのだ。

というわけでワチャワチャと着物ＮＰＣたちが騒ぐ中、ザンソードはどこじゃ〜と店内をうろつくと――、

「はぁ」

「はぁぁ」

「はぁぁぁ……！」


……お店のすっごい隅の席にて、仲良く溜《た》め息《いき》をついているザンソードとヤリーオとクルッテルオを発見したのだった。

うわぁなんだアイツら。近寄りたくねぇ。

「……よく考えたら俺、未成年だから酒飲めなかったわ。というわけで帰るぜッ、アデュー」

「むッ、おい待てユーリよ！　来ておいて帰るな！」

ガタッと立ち上がって呼び止めてくるザンソード。

うげぇバレた。しょうがないから行ってやるか。

「んで、話ってなんだよザンソード。それにヤリーオとクルッテルオもいるし……って、んん？」

トップ勢二人を見た瞬間に違和感を覚える。

直接話したことはないが、なんかイベントとかの時とは違うなぁ？

沈み込んでいることを差っ引いても、こう……なんていうか……やさぐれているというか……。

「へへっ、どーもっすユーリさん……！　アンタと違って、オレぁ刺客プレイヤーにボコられてざまぁないっすわ……」

弱々しく笑いながら酒をクピクピ飲むヤリーオ。

ってお前、もっとなんか勇ましいキャラだっただろうが!?

「フフ……ヤリーオはまだちゃんと戦って死んだんだから勇敢じゃない。私なんて、アンジュっていう大鎌ブンブン振り回してくる刺客プレイヤーから必死に逃げ回ってるところを、キッドってヤツに狙撃されて無様におっちんだわよ。これがみんなに公開されちゃうんだから、もうやってられるかっつーの……ッ！」

片や、クルッテルオは酒をグィーッと一気に呷《あお》る。

って、お前もなんかおかしいぞ!?　たしか『おっおっおっ』しか喋《しゃべ》らないキャラだっただろうがッ！

「お、おい二人とも。これまでのキャラはどうしちゃったんだよ!?」

「「ンなもん捨てたッ！」」

「え～～～～!?」

な、なんだコイツら……一体どうしちゃったんだよ。

「おいザンソード、こいつらおかしいぞ。刺客にやられたショックでこうなっちゃったのか？」

「あぁーいや。こいつらがおかしなキャラを捨てた原因は、そもそもおぬしのところの真・頭のおかしい女たちにこっぴどくやられたことが原因というか……」

真・頭のおかしい女たち!?

っておかしくねーよ！　常識人な俺が集めた仲間たちになんてこと言いやがるッ！

――そう叫ぶと、三人は仲良く「「「お前が一番おかしいんだよ」」」と言ってきた。解せぬ。

「ひでぇなぁお前ら。……まぁいいや、そろそろ本題に移ろうぜ。まさかお前たちほどの連中が、このまま燻《くす》ぶってるわけがないよな？」

「当たり前だ。やられっぱなしで済ませるものか……！」

そう言ってザンソードは、目の前にいくつかのウィンドウを表示させた。

ヤリーオとクルッテルオのヤツも眉根を引き締め、何らかの文章が記されたウィンドウを俺に見せてくる。

そこに目を通してみると……、

「これはっ……刺客プレイヤーたちの情報か！」

「うむ。公開決闘というシステム上、敵の素性は丸わかりでござるからな。色々と調べさせてもらったでござる」

三人が集めてきたデータには、主な刺客プレイヤーたちの外見や戦闘スタイルはもちろん、実際に戦った者たちの主観も記されていた。

こりゃぁすごいな。ずいぶんと手間がかかっただろうに。

「インタビューについては私がやったわ。これでも偵察系プレイヤーのトップだもの、情報まとめと足の速さには自信があるの」

「オレは色んな戦闘スタイルで刺客プレイヤーたちに挑んでいって、どいつがどんな相手を苦手としているか実地で調べていく予定っす。……地味なオレだけど、器用貧乏っぷりには自信があるんで」

ニッと笑うクルッテルオとヤリーオ。まったく頼りになる連中だぜ。

「気合いの入ったマネしやがる。やっぱりお前ら、トッププレイヤーなんだな」

「フッ。そんな拙者たちよりも上のおぬしに言われても、嫌味にしかならないでござるよ。——今回おぬしを呼んだのも、ペンドラゴンと戦った感想を聞くためだ。そうして精度の高い『攻略本』を作り上げ、各プレイヤーたちに配る予定でござる」

「なるほどっ、そりゃあいいな！」

この襲撃イベントをみんなで乗り切るつもりなんだな。

いいじゃねえか、各ゲームのトップ勢にブレスキプレイヤーたちの力を見せつけてやろうぜ！

「やっぱりすごいよ、お前ら。俺なんてひたすら強くなることしか考えてなかったのに……」

「ハハッ、おぬしはそれでいいでござるよ。なにせ『魔王ユーリ』といえば、今やこのゲームの顔なのだ。さっさと強くなって、今度こそペンドラゴンをぶっ倒してくるがいいッ！」

「おうよっ！」

頼れる戦友たちに親指を立てて応える。
かくして俺は、強くなりたいという思いをより一層燃え上がらせるのだった――！

# あとがき

美少女作者こうりーーーんっ！

はじめましての方ははじめまして、馬路まんじです！！！

顔出し声出しでバーチャル美少女ツイッタラーをしてるので検索してね！

@mazomanzi ←これわれのツイッターアカウントです！　いえい！！！

同時期に出した作品と同じくもはやあとがきを書いてる時間もないので、とにかく走り書きでいっぱいビックリマークを使って文字数を埋めていきますッッッ！！！！

というかだいたいコピペです！！！！！！！！！　おらぁあああああ！

『ブレイドスキル・オンライン』第3巻、いかがだったでしょうか！！！？

ついにお話はＷＥＢ版を超えて新章突入！！！！　やベー女たちが出てきましたね！

実はアリス＆ペンドラゴンはわれの処女作のキャラなので、気になった方は『ダークネスソウル・オンライン』で検索を！　タダで読めます！

ちなみにブレスキですが、実は3巻で終わらせるつもりでしたーーー！(;ω;)

ですがみなさまの大反響の声と、編集様の「勝手に終わらせせんな書け」という温かい声を受け、売り上げがよければこれからも続けていくことになりましたのでぜひぜひみんなに宣伝を！！！！！　ツイッターに感想上げれば探しに行きます！

↑※編集の樋口様（握力２００kg）に脅され、続きを書くことになった美少女作者われの図。

　そしてそしてＷＥＢ版を読んでいた上に書籍版も買ってくださった方、本当にありがとうございます！！！！！

今まで存在も知らなかったけど表紙やタイトルに惹《ひ》かれてたまたま買ってくれたという方、あなたたちは運命の人たちです！！！　ツイッターでＪカップ猫耳メイド系バーチャル美少女をやってるので、購入した本の画像を上げてくださったら**「弟くんっ♡」**と言ってあげます！！！！！！！！　**美少女爆乳メイドお姉ちゃん交換チケット**として『ブレスキ』を友達や家族や知人や近所の小学生やネット上のよくわからないスレの人たちにぜひぜひぜひぜひオススメしてあげてください！！！！！！！！　よろしくお願いします！！！　ツイッターに上げてくれたら反応するよ！！！

　そして今回もッ！　この場を借りて、ツイッターにてわたしにイラストのプレゼントやア○ゾン欲しいものリスト（死ぬ前に食いたいものリスト）より食糧支援をしてくださった方々にお礼を言いたいです！！！！！！

高千穂絵麻（たかてぃ）さま、皇夏奈ちゃん、磊《こいし》なぎちゃん（ローションくれた）、おののきももやすさま、まさみゃ〜さん、破談の男さん（乳首ローターくれたり定期的に貢いでくれる……！）、たわしの人雛田黒さん、ぽんきちさん、無限堂ハルノさん、明太子まみれ先生（イラストどちゃんこくれた！）、がふ先生、イワチグ先生、ふにゃこ（ポアンポアン）先生、朝霧陽月さん、セレニィちゃん、リオン書店員さん、さんますさん、Harukaさん、黒毛和牛さん、るぷす笹さん、味醂味林檎さん、不良将校さん、№８さん、走れ害悪の地雷源さん（人生ではじめてクリスマスプレゼントくれた……！）、ノベリスト鬼雨さん、パス公ちゃん！（イラストどちゃんこくれた！）、ハイレンさん、蘿蔔《すずしろ》だりあさん、そきんさん、織侍紗《おささ》ちゃん（こしひかり８kgくれた）、狐瓜和花。さん（人生で最初にファンアートくれた人！）、鐘成さん、手嶋柊。さん（イラストどちゃん＋ガンダムバルバトスくれた！）、りすくちゃん（現金くれた！）、いづみ上総さん（現金くれた！）、蒼弐彩ちゃん（現金くれた！！！！）、ナイカナ・シュタンガシャンナちゃん（現金くれた！！！）、エルフの森のふぁる村長（エルフ系Vtuber、現金くれたセフレ！）、なつきちゃん（現金とか色々貢いでくれた！）！！！！！、ベリーナイスメルさん、ニコネコちゃん（チ○コのイラスト送ってきた）、瀬口恭介くん（チ○コのイラスト送ってきた）、矢護えるさん（クソみてぇな旗くれた）、王海みずちさん（クソみてぇな旗くれた）、中卯月ちゃん（クソみてぇな旗くれた）、ＡＳＴＥＲさん、グリモア猟兵と化したランケさん（プロテインとトレーニング器具送ってきた）、かへんてーこーさん（ピンクローターとコイルくれた）、ぉ拓さんちの高城さん、コユウダラさん（われが殴られてるイラストくれた）方言音声サークル・なないろ小町さま（えちえちＣＤ出してます）、飴谷きなこさま、気紛屋進士さん、奥山河川センセェ（いつかわれのイラストレーターになる人！　あとがき冒頭の絵をかいてくれた人や！）、ふーみんさん、ちびだいずちゃん（仮面ライダー変身アイテムくれた）、紅月潦さん、虚陽炎さん、ガミオ／ミオ姫さん、本屋の猫ちゃん、秦明さん、ＡＮＺさん、tetraさん、まとめななちゃん（作家系Vtuber！　なろう民突撃じゃ！）Ｔ-ＲＥＸ@木村竜史さま、無気力ウツロさま（牛丼いっぱい！！！）、雨宮みくるちゃん、猫田@にゃぷしぃまんさん、ドルフロ・艦これを始めた北極狐さま、大豆の木っ端軍師、かみやんさん、神望喜利彦山人どの、あらにわ（新庭紺）さま、雛風さん、浜田カヅエさん、綾部ヨシアキさん、玉露さん（書籍情報画像を作成してくれた！）、幽焼けさん（YouTubeレビュアー。われの書籍紹介動画を作ってくれた！　みんな検索ぅ！）、レフィ・ライトちゃん、あひるちゃん（マイクロメイドビキニくれた）、猫乱次郎（われが死んでるイラストとか卵産んでるイラストとかくれた）、つっきーちゃん！（鼻詰まり）、一ノ瀬瑠奈ちゃん！、かつさん！、赤城雄蔵さん！、大道俊徳さん（墓に供える飯と酒くれた）、ドブロッキィ先生（われにチ○ポ生えてるイラストくれた）、葵・悠陽ちゃん、かなたちゃん（なんもくれてないけど載せてほしいって言ってたから載せた）、イルカのカイルちゃん（なんもくれてないけど載せてほしいって言ってたから載せた）、みなはらつかさちゃん（インコ）、なごちゃん、diaちゃん、このたろーちゃん、颯華ちゃん、谷瓜丸くん、武雅さま、ゆっくり生きるちゃん、秋野霞音ちゃん、逢坂蒼ちゃん、廃おじさん（愛くれた）、ラナ・ケナー4歳くん、朝倉ぷらすちゃん（パワポでわれを作ってきた彼女持ち）、あきらーめんさん（ご出産おめでとうございます！）、そうたそくん！、透明ちゃん、貼りマグロちゃん、荒谷生命科学研究所さま、西守アジサイさま、上ケ見さわちゃん（義妹の宣伝メイド！　よく曲作ってくれる！　キスしたら金くれた！！！）、シエルちゃん、主露さん、零切唯衣くんちゃん、豚足ちゃん、はなむけちゃん（アヒルくれた）、藤巻健介さん、Ｓｓｇ．蒼野さん、電誅萬刃さん！、水谷輝人さん！、あきなかつきみさん、まゆみちゃん（一万円以上の肉くれた）、中の人ちゃん！、hakeさん！、あおにちゃん（暗黒デュエリスト集団『五大老』の幹部、恐怖によって遊戯王デュエルリンクス界を支配している）、八神ちゃん、22世紀のスキッツォイドマンちゃん、マッチ棒ちゃん〜！、ｋｔ６０さん（!?）、珍さん！、晩花作子さん！、能登川メイちゃん（犬の餌おくってきた）、きをちゃん、天元ちゃん、の@ちゃん（ゲーム：『シルヴァリオサーガ』大好き仲間！）、ひなびちゃん、dokumu

さん、マリィちゃんのマリモちゃん、伺見聞士さん、本和歌ちゃん、柳瀬彰さん、田辺ユカイちゃん、まさみティー／里井ぐれもちゃん（オーバーラップの後輩じゃぁ！）、常陸之介寛浩先生（オーバーラップの先輩じゃぁ！(;ω;)）、ゴキブリのフレンズちゃん（われがアへ顔Wピースしてるスマブラのステージ作ってきた）、いるちゃん、腐った豆腐！　幻夜んんちゃん、歌華@梅村ちゃん（風俗で働いてるわれのイラストくれた）、三島由貴彦（姉弟でわれのイラスト描いてきた）、白夜いくとちゃん、言葉遊人さん、教祖ちゃん、可換環さん（われの音楽作ってきた）、佳穂一二三先生！、しののめちゃん、闇音やみしゃん（われが〇イズリしようとするイラストくれた）、suwa狐さん！、朝凪周さん、ガッチャさん、結城彩咲ちゃん、amyちゃん、ブウ公式さん！、安房桜梢さん、ふきちゃん！、ちじんちゃん、シロノクマちゃん、亞悠さん（幼少の娘にわれの名前連呼させた音声おくってきた）、やっさいま♡ちゃん、赤津ナギちゃん、白神天稀さん、ディーノさん、KUROさん、獅子露さん、まんじ先生100日チャレンジさん（100日間われのイラストを描きまくってくれるというアカウント。8日で途絶えた）、爆散芋ちゃん、松本まつすけちゃん、卯ちゃん、加密列さん、のんのんちゃん、亀岡たわ太さん！（われのLINEスタンプ売ってる！）、真本優ちゃん、ぽにみゅらちゃん、焼魚あまね／仮名芝りんちゃん、異世界GMすめらぎちゃん、西村西せんせー、オフトゥン教徒さま（オーバーラップ文庫：『絶対に働きたくないダンジョンマスターが惰眠をむさぼるまで』からの刺客）、kazuくん、釜井晃尚さん、うまみ棒さま、小鳥遊さん、ATワイトちゃん（ワイトもそう思います）、海鼠腸ちゃん！（このわたって読みます）、棗ちゃん！（なつめって読みます）、東西南《きたなし》アカリちゃん（名前がおしゃれー！）、モロ平野ちゃん（母乳大好き）、あつしちゃん（年賀状ありがとー！）、狼狐ちゃん（かわいい！）、ゴサクちゃん（メイド大好き！　いっぱいもらってるーーー！）、朝凪ちゃん（クソリプくれた）、kei-鈴ちゃん（国語辞典もらって国語力アップ！）、Prof.Hellthingちゃん（なんて読むの!?）、フィーカスちゃん！、なおチュウさん（なんもくれてないけど載りたいって言ったから載せます！）、ばばばばばばばばば（スポンジ）、裕ちゃん（ラーメンとか！）、森元ちゃん！、東雲さくん（ちん○ん）、akdbLackさま！、MUNYU／じゃん・ふぉれすとさま！、まん、むらさん、ジョセフ武園（クソリプ！　※↑くれる人多数）、ひよこねこちゃん（金……！）、こばみそ先生（『異世界で上前はねて生きていく』の漫画家様！　水着イラストくれた！）、家々田不二春さま、馬んじ（われの偽物。金と黒毛和牛くれた、本買いまくって定期的に金くれる偽物）、本当にありがとうございましたーーーー！　ほかにもいつも更新するとすぐに読んで拡散してくれる方々などがいっぱいいるけど、もう紹介しきれません！！！！！！　ごめんねええええええええええええええええええええええええええええええええええええええええええええええええええええええええええええええええええええええそしてありがとねええええええ

ええええ！！！！！！！！！！！（;ω;）

そして最後に、今回も素晴らしいイラストを届けてくれたイラストレーターの霜降さん（毎回触手絵がやばい！）とッ、右も左も分からないわたしに色々とお世話をしてくださった編集の樋口晴大さま（超いい仕事してくれます！）と製本に携わった多くの方々、そして何よりもこの本を買ってくれた全ての人に、格別の感謝を送ったところで締めにさせていただきたいと思います！　本当に本当にありがとうございましたあああああああ！　ファンレターもおくってねー！

最後の最後に、これ「小説家になろう」のマイページですのでぜひぜひお気に入り登録しといてくださいね何でもしますから（;ω;）！！！

われの書いたいろんな小説がタダで読めまーす!!（手打ちでポチポチ推すのがだるい人は「なろう　馬路まんじ」で検索をー！）↓https://mypage.syosetu.com/1339258/

いえーーーーーいっ！

## 作品のご感想、ファンレターをお待ちしています

あて先
〒141-0031
東京都品川区西五反田 8-1-5 五反田光和ビル4階
オーバーラップ文庫編集部
「馬路まんじ」先生係 ／「霜降（Laplacian）」先生係

OVERLAP

ブレイドスキル・オンライン 3
～ゴミ職業で最弱武器でクソステータスの俺、
いつのまにか『ラスボス』に成り上がります！～

発　　行　2021 年 9 月 25 日　初版第一刷発行

著　　者　馬路まんじ
発 行 者　永田勝治
発 行 所　株式会社オーバーラップ
〒141-0031　東京都品川区西五反田 8-1-5
校正・DTP　株式会社鷗来堂
印刷・製本　大日本印刷株式会社


Printed in Japan　ISBN 978-4-86554-999-7 C0193

オーバーラップ文庫
D級冒険者の俺、なぜか勇者パーティーに勧誘されたあげく、王女につきまとわれてる
この冒険者、怠惰なのに強すぎて——
S級美少女たちがほっとかない!?
勇者を目指すジレイの目標は『ぐうたらな生活』。しかし、勇者になって魔王を倒しても楽はできないと知ったジレイは即座に隠遁を試みる。だが、勇者を目指していた頃に出会い、知らず救っていた少女達がジレイを放っておくハズもなく——!?
著 白青虎猫 イラスト りいちゅ
シリーズ好評発売中!!

オーバーラップ文庫
重版ヒット中!
コミックガルドにて
コミカライズ
決定!!
追放された
S級鑑定士は
最強のギルドを創る
［秘めたる才を見極め最強へ導け!］
大手ギルドに所属する鑑定士ロランは理不尽な理由でギルドを追放された。落ち込むロランに手を差し伸べたのは、以前、ロランが助けた魔導士リリアンヌだった。彼女の力を借りて、ロランは新たなギルド『精霊の工廠』を創設する。そこに集ったのは、一見すると平凡な者ばかり。しかし、潜在能力すら見抜くロランのS級鑑定スキルによって見出された彼女たちは、内に秘めた才能を開花させていく——!
著 瀬戸夏樹 イラスト ふーろ
シリーズ好評発売中!!